KB001565

트랜스로컬 감성총서 02

전남대 비나리패의 문예운동

트랜스로컬 감성총서 02

전남대 비나리패의 문예운동

정명중 지음

비나리패와 80년대

비나리패의 실험들

비나리'풍'에 대하여

새로운 양식화 작업의 향방

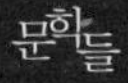

'트랜스로컬 감성총서'를 발간하며

'지역'은 우리의 삶이 터하는 장소와 위치를 뜻할 뿐이지만 중앙 혹은 중심을 향한 구심력이 강하게 작용할 때 종종 결여와 결핍, 미완과 미숙의 뜻으로 전락한다. 중심지에 대한 집중조명 속에서 다수 지역민의 삶이 주변화되는 것이다. 오늘날 한국 사회에서 수도권 중심주의의 심화와 이른바 '지방 소멸' 현상으로 구체화되는 현실이 그렇다. 지역이 인간적인 '삶의 터'가 되고, 지역민이 능동적인 '삶의 주체'가 될 수 있는 조건은 무엇일까? 새로운 지역분권의 시대, 인간에 대한 탐구는 이러한 물음을 제기하고 적절한 해답을 모색해야 한다.

전남대학교 호남학연구원 감성인문학연구단에서 발간하는 '트랜스로컬 감성총서'의 기획은 위와 같은 문제의식에서 비롯되었다. 이 총서는 감성연구와 지역연구의 연계성을 도모하는 연구단의 공동연구 아젠다('분권시대, 횡단적 보편학으로서 감성인문학 – 장소·매체·서사') 수행의 결과물이지만, 딱딱한 논증적 담론을 피하는 대신 에세이적 글쓰기를 지향한다. 연구단의 아젠다와 고민을 좀 더 많은 독자들과 공유하고 더 넓은 대중적 층위에서 사회적 의제화를 목표로 삼으면서, 동시에 학술적 담론 자체에 대한 좀 더 깊은 성찰을 이끌어내고자 하는 목적에서다.

근대적 지식생산 구조에 입각한 학술 담론은 체계적 논리와 합리적 보편성을 추구하는 과정에서 또 다른 중심주의를 형성해 왔다. 보편타당한 논리나 이론은 광주보다는 서울에 있고, 서울보다는 서양의 어느 곳에 있다는 식의 통념이 암묵적으로 관철되어 왔기 때문이다. 이렇듯 이론적 구심력이 강하게 작동하는 기존 학술적 담론체계로부터 벗어나려는 시도는 지역적 삶을 조명하기 위한 한 가지 방법이라고 할 수 있다. 이 총서 시리즈의 편제는 그와 같은 방법론적 성찰과 새로운 기획을 담고 있다.

감성적 인간, 곧 느끼며 행동하는 신체를 가진 인간은 구체적 장소와 맺는 관계를 떨쳐 낼 수 없다. 이 점에서 인간에 대한 탐구는 특정한 장소와 공간에 기반한 넓은 의미의 '지역학'으로 환원된다고 해도 과언이 아니다. 이 총서는 이러한 인식을 전제로 먼저 저자 스스로 자신이 거주하는 장소와 맺는 관계를 명확히 드러내면서 출발한다. 즉, 저자가 어느 장소에서 말하고 있는지를, 다시 말해 자신의 언표행위의 위치를 밝히는 실천적이고 수행적인 글쓰기를 지향하는 것이다.

이 총서 시리즈는 전통적인 지역학의 외연을 넘어서 국가와 민족, 심지어 전 지구적 문화까지 문제 삼게 되겠지만, 논의가 이루어지는 특수한 장소성을 바탕으로 기존의 이론이나 담론이 행사하는 구심력을 해체하고자 한다. 독자들 또한 저자가 드러내는 발화의 위치를 의식하면서 지역들 간의 수평적이면서 상호소통적인 네트워크를 함께 구축해 갈 수 있기를 기대해 본다. 이 총서 시리즈의 제목인 '트랜스로컬(translocal)'은 바로 그러한 지역횡단적인, 다시 말해 탈중심화된 보편적인 것을 밝혀내고자 하는 연구진의 목표를 가리키고 있다.

이러한 목표를 달성해 가는 과정에서 연구진이 주안점을 두는 것은 공감(共感)이다. 공감은 어떠한 구체적이고 사회적인 장(場)에서 형성되고 해체되는가? 이 총서의 개별 논의는 그와 같은 다양한 '공감장(共感場, sympathetic field)'에 대한 분석과 해석, 그리고 비판의 과정이기도 하다. 동시에 이 총서 시리즈가 독자들과 함께 새로운 '공감장'을 구성해 갈 수 있기를 바란다. '삶의 터'로서의 지역에 관한 인문학은 그와 같은 공감적 일상의 구성적 실천의 과정을 일컫는 이름에 다름 아닐 것이다.

전남대학교 호남학연구원 HK+2 감성인문학연구단

책머리에

이 책은 '비나리패' 청년들의 1980년대 문예운동에 관한 기록이다. 비나리패는 전남대 국문과 시창작 동아리의 명칭이다. 군부독재의 서슬이 퍼렇던 80년대 초반에 창립한 이래 40여 년의 전통을 이어오고 있다.

80년 광주 5월 이후, 한국 사회는 차츰 변혁을 꿈꾸는 민중들의 열망으로 들끓기 시작한다. 국문과의 몇몇 청년들은 그러한 열망에 예술로써 마땅히 응답해야 함을 직감한다. 그 응답은 개인이 아니라 집단의 그것이어야 한다. 민중들에 대한 청년들의 열정 그리고 지식인으로서의 사명감이 비나리패라는 문예운동조직의 결성으로 이어진다.

청년들은 "구원의 노래, 해방의 몸짓"을 기치로 내건다. 그들은 삶으로서의 예술 또는 '운동(정치)'로서의 예술을 주장한다. 한편 한국문학의 토양에 만연한 반시대성을 맹렬히 고발한다. 이어 한국문학을 새롭게 양식화하겠다는 포부를 천명한다. 당시로서는 꽤 전위적이고 의욕적인 목소리다. 그 의욕의 결정체가 바로 「비나리선언」(1984)이다.

한편 그들은 민중문학 계열 문인들에게 상당한 자극제 역할을 했다. 당시 진보적 문예운동의 화두인 예술의 공동창작 문제를 선도적으로 수행했던 집단이기 때문이다. 1985년에 공동창작시 「들불야학」이 창작된다. 이는 공동창작론이 80년대 후반에 이르러서야 비로소 논의되었음을 감안하면 매우 이례적이다.

그러나 비나리패에 대한 세간의 평가를 좀처럼 찾기

힘들다. 이는 어쩌면 당연한 것이다. 우선 80년대 학생운동의 중요한 축을 형성했던 청년(학생)문예운동 전반에 대한 본격적인 논의 자체가 일천한 탓이다.

또한 비나리패는 특정 학과의 학생 중심으로 결성된, 소위 아마추어 문예동아리다. 게다가 '지역'의 대학을 기반으로 움직인 청년문예운동 조직이다. 따라서 '서울(중앙)' 중심의 제도권 문단이 이들을 특별히 주목하거나 관심에 두었을 가능성은 거의 없다.

감히 판단하건대 비나리패는 상당한 족적을 남겼다. 80년대 말까지 일종의 동인시집인 다섯 권의 '비나리글마당'을 출간한다. 그러나 80년대 그들의 자취는 점차 기억에서 사라지는 듯하다. 앞으로 주류 또는 정통(?) 문학사의 견지에서 이들의 활동이 적절히 평가(재발견)될 기회가 있을 것 같지도 않다.

그저 비하가 아니다. 만약 민중문학 또는 리얼리즘 사조의 아류 정도로 취급해준다 한들 그조차 감격스러운 일일지도 모른다. 이를테면 80년대의 민중문예운동사라는 퍽 특수한 프레임으로도 비나리패의 움직임은 포착되지는 않을 게 틀림없다. 아무렇지 않게 간과되거나 무심하게 잊힌대도 어쩔 수 없는 일이다.

한편 이즈음 로컬(local) 담론이 부상하고 있다. 그렇지만 '지역문학'연구의 관점에서조차 이들의 활동이 누락될 가능성은 매우 커 보인다. 이유는 사실 간단하다. 어쨌든 작가는 곧 '프로페셔널'이어야 하기 때문이다.

문학은 전문 작가의 몫이다. 문학연구나 비평을 업으로 삼는 자 역시 공인된 작가와 그의 작품을 다뤄야 모양새가 산다. 기성 문단에 등단했는지 여부가 작가와 작가 아님을 분명하게 가르는 기준이다. 거의 철칙에 가까운 이러한 제도적 관행이 의문시되지 않는다면, 비나리패의 몸짓은 치기어린 문청(文靑)들의 해프닝쯤으로 치부되고 말 것이다.

한국의 문학 판을 지배하는 것은 여전히 '프로(작가)' 대 '아마(문학동호인)', '중앙(서울)' 대 '지역(지방)'과 같은 차별 또는 위계의 구조다. 자본의 논리나 상업주의와 결탁한 문학의 절대화와 신비화가 이 구조 안에서 끈덕지게 기생한다. 하루 이틀의 일도 아니고, 해서 새삼스러울 것은 없다.

절대화, 신비화, 제도화, 권력화는 서로 다르지 않다. 물론 이 자리에서 문단권력 따위를 진지하게 거론할 생각은 없다. 다만 그러한 차별과 위계의 구조가 유지되는 한 한국문학(또는 지역문학)계의 시야에 비나리패가 의미 있는 존재로 (재)발견되는 일은 결코 일어나지 않을 것이다.

'웅얼거림'은 현존하(했)지만 그것이 제도 안으로 어떻게 해도 회수되지 않는다. 이 점에서 그들은 익명이자 부재(不在)이다. 80년대의 비나리패는 어쨌든 문학(제도)의 '바깥(le dehors)'에 있는 자들이다. 현재에도, 물론 미래에도 말이다. 여러모로 안타까운 일이다. 이 책을 저술하게 된 직접적 동기가 바로 그런 안타까움이다.

주의할 게 있다. 필자는 이 책에서 비나리패를 공인된(실은 서울의 주류 문단 중심주의에 가까운!) 문학사의 관점이나 '순수' 문예 이론적 잣대로 재단하고 싶지 않았다. 때에 따라서는 거의 의도적으로 그들의 이야기와 활동을 그들이 처한 맥락적 조건에 귀 기울이면서 공감하는 방식으로 서술하려고 노력했다.

한편 오늘날의 각종 세련(?)된 이론적 또는 비평적 담론과 개념을 동원해서 그들의 작품을 '칼질'하기란 손쉬운 일이다. 그들의 시는 종종 진부하고 도식적으로 보일 게 분명하다. 혹은 조야하며 때때로 함량미달인 경우도 목격될 것이다. 이를 부정하지는 않겠다. 그런데 만일 그와 같은 평가를 구구절절 읊조릴 양이었다면 아마도 이 책을 저술해야 할 이유는 딱히 없었을 것이다.

그렇다고 그들의 작품을 무작정 덮어놓고 상찬하겠다는 뜻은 아니다. 그들에게서 보고자 했던 것은 그들의 예술적 성취만은 아니었다. 어쩌면 이는 필자보다 더 전문적인 식견과 혜안을 갖고 있는 자의 몫일 것이다. 반면 필자는 그들에게서 '시대의 질곡에 맞섰던 자들의 모습'을 읽어내고 싶었다.

비평적 잣대로 작품을 평가하는 일은 물론 중요하다. 그러나 거의 모든 작품에는 우리가 이리저리 규정하거나 재단하고 난 뒤에도 결코 소진되지 않을 어떤 '잔여(leftover)'라는 게 반드시 있다. 이를테면 '문제적' 시대 안에서 그것과 맞서야 했던 자들의 절박함, 좌절, 공포, 분노, 슬픔 등과 같은 감성적 자질들이다. 결국 필자는 한 시대의 '실감(實感)'을 대면하고 싶었던 것이다.

책은 대체로 시평(詩評)의 외양을 하고 있다. 이는 그저 방편일 뿐이다. 더군다나 필자는 시 장르만을 전문적으로 연구하는 자가 아니다. 고백하건대, 그들의 작품을 옳게 이해하고 정당하게 파악한 것인지 자신하기 어렵다. 책을 읽다가 터무니없는 대목들이 눈에 띌 수도 있다. 그렇다면 그것은 전적으로 필자가 과문하다는 증거다.

책은 크게 네 부분으로 되어 있다. 우선 '비나리패와 80년대' 부분에서는 비나리패의 결성 과정, '비나리'라는 명칭의 의미, 민요를 비롯한 전통예술에 대한 비나리패의 관심 등을 다뤘다.

이어 '비나리패의 실험들'에서는 구술성과 서사성에 대한 지향이라는 맥락에서 그들의 장시, 연작시, 공동창작시를 집중적으로 살펴보았다. 이 부분에서 눈여겨볼 것은 그들이 공동창작 실험을 통해 공통적인 것(the common)으로서의 문학이라는 근대 '이후'의 지평에 가닿을 수 있었다는 점이다.

다음으로 '비나리풍에 대하여' 부분에서는 작품들을 전체적으로 관통한다고 생각되는 몇몇 경향성을 살폈다. 그리고 마지막으로 '새로운 양식화 작업의 향방'은 본격적인 논의라기보다는 그들이 내세웠던 "한국문학의 새로운 양식화 작업"이 '잠정적으로(!)' 좌초될 수밖에 없었던 시대사적 맥락을 소략하게나마 탐문한 것이다.

비나리패 회원인 세 분, 곧 김경윤(시인, 전 해남고 교사), 송광룡(시인, 도서출판 심미안 대표), 정경운(전남대 문화전문대학원 교수)의 회고와 길라잡이가 아니었다면 아마도 이 책을 완성할 수 없었을 것이다. 이 자리를 빌려

감사와 존경의 마음을 전한다. 또한 책의 출간을 흔쾌히 허락해준 도서출판 '문학들'의 대표와 관계자 여러분들에게도 진심으로 고마움을 전한다.

한편 저술을 준비하면서 비보를 접했다. 애초 인터뷰 계획에 있던 한 분이 급작스럽게 유명을 달리했기 때문이다. 몹시 안타깝다. 고 윤정현 시인의 명복을 빈다.

정명중

차례

비나리패의 실험들

비나리'풍'에 대하여

비나리패와 80년대

혁명 전야의 레닌그라드 뒷골목

'비나리패' 결성 논의가 본격화된 것은 1984년 무렵이다. 전두환 정권의 학원자율화 조치 시행 즈음이다. 이때 대학의 학생조직이 학도호국단 체제에서 학생회 체제로 점차 이행한다.

곧 학생운동이 비밀결사조직의 소그룹 전위운동에서 대중적 기반을 갖춘 운동으로 도약하게 되는 것이다. 결국 급진적인 학생운동 조직이 비합법에서 반합법 형태로 변모를 꾀하던 중요한 국면이다.[1]

전남대 국문과는 가장 먼저 학생자치기구인 '국어국문

학회(지금의 국어국문학과학생회)'를 조직한다. "1983년 여름방학 때 2학년이 주축이 되어 학과 내에 주체적인 학생활동을 위한 '학회'의 결성을 계획하고 2학기 한 학기 동안의 준비 과정을 거쳐 1984년에 정식으로 '국어국문학회'를 출범"[2]시킨다. 이어 같은 해 6월 비나리패가 결성된다.

비나리패 결성을 주도했던 이는 김경윤이다. 당시 그는 인문대학생회장 박철흥을 도와 총무부장을 맡았다. 학생회 자치 기구의 부활을 염두에 두고 그 밑바탕이 될 문예동아리 '비나리패'와 '삶과 마당'(마당극 동아리) 결성에 그가 적극 개입하게 된다.

한편 이 무렵 학내 학생 세력은 크게 세 그룹이었다고 한다. 우선 일명 '언더(under)'로 불렸던 지하운동그룹이 있다. 이들은 학생운동 급진파 혹은 강경파라고 할 수 있다. 다음으로 공개적인 문화운동에 주안점을 두어 학생운동을 꾀했던 중간그룹이 있다. 그리고 마지막으로 학도호국단체제를 떠받치고 있었던 어용그룹이다.

당시 총학생회장(물론 당시의 정식 명칭은 '학도호국단장'이었다!)이 되기 위해서는 학업성적 평균 평점이 3.0을 넘어야만 했다. 지하운동그룹에 속한 구성원 중에 총학생회장으로 나설 수 있는 능력과 지도력을 갖춘 인물이 있었다. 문제는 그럼에도 불구하고 학점 제한 탓에 아예 진입 자체가 불가능한 경우가 많았다는 점이다.

결국 지하운동그룹은 각 단과대학 학생회장 중에서 적합한 인물을 앞세워 선거를 통해 총학생회장으로 추대하는 형식을 도모한다. 대신 자신들이 학생회 조직의 주요 간부를 맡는 식의 우회 전략을 구사하는 것이다.

83년에 김경윤의 동기인 박철홍이 총학생회장 출마를 결심한다. 이때 김경윤은 박철홍을 도와 참모 역할을 하게 된다. 그러나 박철홍은 인문대학생회장으로 선출되었지만, 총학생회장 선거에서 낙선한다. 당시 학생회 선거는 각 학과 대표 중에서 단과대학 대표자를 뽑고, 이어 각 단과대학 대표자 중에서 총학생회장을 선출하는 방식이었다.

김경윤은 대입 삼수에 군복무까지 마친 늦깎이 대학생이었다. 문학에 대한 열정으로 입학하자마자 그는 교내 문학동아리 '용봉문학회'에서 활동한다.

그러나 1983년 그가 2학년이 되면서부터는 용봉문학회와 거리를 두었던 듯하다. 문예창작보다는 사회과학 학습(이른바 '의식화교육') 위주의 활동에 경도된 용봉문학

1980년대 비나리시집(5권)

회의 노선이 맞지 않았던 탓이다. 한편 문학에 대한 열의를 갖고 있던 구성원들이 동아리를 탈퇴하는 일도 적지 않았다고 한다.[3]

대신 그는 다른 열망을 품고 있었다. 그것은 학과 내에 시창작을 전문으로 하는 동아리를 만드는 것이다. 우선 그의 말을 직접 들어보자.

> 그 시절의 대학은 혁명 전야의 레닌그라드의 뒷골목과 같았다. 광주항쟁의 해일이 남긴 상처와 불씨들이 마그마처럼, 지하수처럼 들끓고 분출되어 젊은 가슴들은 늘 뜨겁기만 했다. 민중의 바다를 향해 도도하

게 흐르는 역사의 강물이 젊은 가슴들을 적시고 있었다. 이러한 시대적 배경 속에서 '민중의 노래, 해방의 노래'를 지향하는 '비나리'패가 탄생되었다.

그 시절 '비나리'는 '민족의 분단 현실과 민중적 생활정서'를 바탕으로 새로운 시의 형식들을 모색한다는 포부를 가지고 다양한 활동을 전개하면서 '한국문학의 새바람'을 일으키겠다는 꿈을 키웠다.[4]

비나리패가 지향하는 바는 명확하다. 시대는 그야말로 혁명 전야다. 그에 걸맞은 것은 민중의 노래 또는 민중해방을 위한 문학이다. 이른바 '인생(삶)을 위한 예술(art for life's sake)' 계열에 대한 지향을 강력하게 피력하고 있는 셈이다.

운동(정치)으로서의 문학

인생을 위한 예술이란 '예술을 위한 예술(art for art's sake)' 또는 예술지상주의(藝術至上主義)와 대립하는 개념이다. 한국문학사에서 이 계열의 가장 대표적인 예술가

집단이 바로 1920, 30년대 문단을 장악했던 카프(KAPF, 조선프롤레타리아예술가동맹)였다.

이들은 강한 정치성과 사상성(마르크스주의)으로 무장했다. 이른바 순수문학을 배격하면서 '운동(투쟁의 무기)으로서의 문학(예술)'을 부르짖었다.

> 예술은 현실의 경험 속에서 긴장된 대립과 갈등으로부터 탄생되고 궁극에서는 이 한계성을 극복하고 역사적 순간에서 올바른 세계관을 창조한다. 즉 예술은 모든 사회관계의 총체로서 어느 특별한 역사적 상황을 나타냄과 동시에 초역사적인 실체를 드러내 보이며 예술의 실체도 미적 구조를 갖춘 진실과 저항과 희망의 차원을 동시에 포함한다. 따라서 탁월한 예술의 현실인식 방법은 그 시대의 삶의 한복판에서 역사운동의 방향성을 획득하고 그 미래의 가능성과 많은 인간들의 삶이 역사의 발전 법칙을 만든다는 실천강령에서 비롯된다.[5]

비나리패 역시 다르지 않다. 예술에 대한 그들의 정의는 이 점을 선명하게 보여준다. 예술이란 미적 구조를 갖

비나리 제1시집 『가자 피 묻은 새떼들이여』 출판 기념 모임에서(1984)

는다. 동시에 현실 인식의 강력한 무기이기도 하다.

따라서 삶의 중심에서 역사의 방향성과 미래의 가능성을 포착해야 한다. 이것이 예술의 임무이자 실천 강령이다. "삶의 과정으로서의 문화예술운동"[6]이 요청된다. 예술의 사상성과 정치적 가치가 부각되는 것은 필연이다.

80년 5월 광주항쟁 이후 민중적 저항의 에너지가 비등하고 있다. 여기에 문학청년들은 마땅히 어떠한 형태로든 응답해야만 한다. 이를 위해 민중적 삶과 저항성을 반영(재현)할 수 있는 새로운 시의 형식들을 창안하는 것이 필요하다.

요컨대 새로운 시적 실험을 통해 비나리패는 한국문학계에 센세이션("새바람")을 일으키겠다는 것이다. 그러한 포부를 "한국문학의 새로운 양식화 작업"[7]이라 명명한다.

곧 기존의 문학적 습속(habitus)을 일소하고, 새로운 문학적 전범(양식)을 창출하는 것이다. 기성의 가치를 철저히 부정한다는 점에서 전위예술(avant-garde)적 감수성을 연상케 한다.

그러한 감수성을 바탕으로 비나리패는 한국문학 전체를 싸잡아서 비판한다. 그야말로 극언에 가까운 일침이다. 이를테면 이런 것이다.

> (…) 일하는 사람들의 생활현실로부터 일탈되고 참된 사회변혁과 역사발전에 주체적으로 참여하지 못하여 온 **한국문학의 지리멸렬한 풍토**와 서구 취향적 상업성과 개인주의적 관념의 결속을 척결하고자 한다.(강조-인용자)[8]

작금의 한국문학은 일상적인 생활현실로부터 유리돼버렸다. 게다가 역사발전에 주체적으로 참여하지도 못하고 있는 모양새다.

지금까지의 한국문학은 “이리저리 흩어지고 찢기어 갈피를 잡을 수 없는” 상태, 곧 지리멸렬한 것일 수밖에 없다. 이를 극복하려면 한국문학에 깃든 서구 취향의 상업주의적 속성과 개인주의적 관념을 척결해야만 한다는 것이다.

새로운 창작전통의 수립

비나리패의 포부는 소위 ‘문청(文靑)’ 특유의 낭만주의적 기질을 떠올리게 한다. 심지어 치기 어린 수사(rhetoric)처럼 보이는 게 사실이다.

그러나 한국문학 전체와 속된 말로 맞장을 떠보겠다는 청년들의 결기는 거칠지만 신선한 것이다. 그것이 가능했던 도저한 투쟁의지 또는 자부심의 근원이 궁금하지 않을 수 없다.

아무튼 그들이 품었던 포부가 구체적으로 실현되었는지의 여부는 뒤에서 이야기할 기회가 있다. 대신 비나리패 결성의 실질적 계기를 좀 더 살펴보자. 김경윤은 다시 이렇게 말한다.

> ‘비나리’의 또 하나의 꿈은 국문과의 새로운 전통을 세운다는 것이었다. 당시까지만 해도 국문과 안에 시창작 동아리가 없었기 때문에 창작적 전통이 전무한 상태였다. 물론 이름 있는 선배들이 없는 것은 아니었으나 국문과의 창작적 전통 속에서 자란 것은 아니었다. 때문에 문학창작을 꿈꾸고 입학한 문학도들에게는 전통 있는 창작 동아리 하나 없는 국문과에 실망하곤 했다. 그래서 내 개인적으로도 ‘비나리’가 대학 안에서뿐만 아니라 졸업 후에도 재학생들과 계속 함께하는 창작집단으로 이어갈 수 있도록 ‘비나리’를 키워가야 한다는 것이 당시의 희망이었다.[9]

비나리패의 결성 계기는 두 가지다. 우선 국문과에 결여되어 있던 창작전통을 새롭게 정립하는 것이다. 다음은 재학생과 졸업생을 아우르는 지속적인 창작공동체의 실현이다.

김경윤의 회고에 따르면 비나리패가 결성되기 상당히 오래전부터 동국대 문예창작과의 경우 『동국문학』이라는

좌 비나리 제1시집 『가자 피 묻은 새떼들이여』 **우** 제1시집 뒷면
광주시민미술학교 공동제작

잡지가 있었다고 한다. 교수인 서정주를 비롯한 작가지망생들이 대거 참여하는 자체 발간 문예지였다.

반면 1952년에 창설되어 30여 년에 이른 전남대 국문과에 변변한 문예창작동아리 하나 없다. 이 사실이 그는 매우 의아했단다.

물론 국문과를 졸업한 선배들 중에도 꽤 유명한 시인들이 있다. 이를테면 75년 박정희 유신체제의 폭력성을 겨냥한 작품 「겨울공화국」으로 필화사건[10]을 겪은 양성우가 있다.

또한 당시 비나리패에게 상당한 자극제 역할을 했던

'오월시동인'[11]의 멤버 곽재구도 있다. 그러나 그들이 국문과 자체 내의 창작적 전통 안에서 문학적 수련을 거쳐 성장했던 것이 결코 아니었다는 게 문제다.

이에 김경윤은 그의 동기 및 후배들인 윤동휜, 김성민, 이형권, 윤정현, 이종주, 송광룡 등과 자주 회합한다. 여러 차례 논의 끝에 이들은 동아리 결성에 의기투합한다.

한편 이들은 동아리를 발판 삼아 이미 졸업한 선배 문인들을 끌어들여 출판사를 설립한다는 원대한 계획도 세워두었다. 재학생과 졸업생을 아우르는 명실상부한 창작(문예)공동체를 꿈꾼 것이다. 이로부터 국문과에 새로운 창작전통을 수립할 수 있을 것으로 기대한 듯하다.

'희망집'에서 부른 삶의 노래

84년 결성과 동시에 비나리패는 제1시집 『가자 피 묻은 새떼들이여』를 발 빠르게 출간한다. 이 시집의 제목은 이형권의 「바람재에서」라는 작품에서 따왔다. 그 시의 일부를 옮겨와 보자.

가자
누이 앞세우고 황천길 굽이돌아
얼음처럼 죽은 천국, 무덤 헤치고
시뻘건 갈꽃머리 가슴안고 돌아가자
가자 칼과 목숨을 다스리던 외로운 불빛
강물에 누어 죽은 살덩이 둥둥 떠돌고
새파랗게 돌아온 푸른 넋이여
수의입고 잠든 바람 파닥파닥 깨우며
찢어진 어깨, 천둥, 가자 **피 묻은 새떼들이여**

– 이형권, 「바람재에서」 중에서(강조–인용자)[12]

이 시는 "가자"라는 단도직입의 청유형 문장으로 시작한다. 그리고 상처 입은 영혼들("새떼들")을 호명한다. 이어 그들이 시대의 암울과 죽음을 뛰어넘어 전진할 것을 명령한다.

잦은 돈호법으로 인해 다분히 대중들의 정서적 고양을 의도한 선동문처럼 읽히는 작품이다. 그런 만큼 시 전편에 시적 화자의 강렬하고 날선 의지가 차고 넘친다. 이 작품은 이른바 주의주의(主意主義, voluntarism) 낌새가 꽤 농후하다.

중요한 것은 이 작품의 한 구절을 제1시집의 제목으로 정했다는 점이다. 예사롭지 않은 부분이다. 비나리패의 정체성과 연결되는 지점으로 보이기 때문이다.

이를테면 그들은 폭력과 불의의 시대를 초월하여 비상하는 존재로 자리매김하고자 하는 것이다. 즉 상처에도 불구하고 의지를 불사르는 '새떼(집단)'로 이상화(자기정립)하고자 했던 것은 아니었을까.

> 희망집 골방에서 수많은 토론과 입장정리를 통해 앞으로 비나리패의 존재방식으로서 "삶의 터전으로서의 노래와 해방의 메시지"란 선언을 내놓았으며 이제까지 우리들이 작업해 온 작품세계를 객관적으로 반성하기 위한 글마당 발간 기획에 들어갔다. 이렇게 이루어진 비나리 글마당 첫 번째는 **동인 형태의 작품집 발간도 있어 오지 못한 풍토에서 하나의 충격**이었으며 문학에 대한 더없는 우리들의 열정이 주위의 문학하는 사람들에 많은 호감으로 반영되었다.(강조-인용자)[13]

위의 인용문은 첫 시집이 나왔을 때의 감회를 기록한

부분이다. 인문대학의 뒤편 일명 '쪽문'으로 불렸던 곳을 지나면 허름한 식당들이 삼삼오오 모여 있었다. 주머니가 가벼운 학생들에게 밥이나 술 등속을 저렴하게 팔았던 식당가 골목이다.

'희망집' 역시 그중 하나다. 물론 지금은 사라지고 없다. 이 식당이 비나리패의 단골이었다. 회원들은 희망집 골방에서 라면과 막걸리로 끼니를 때우면서 동고동락했던 모양이다.

참고로 당시 희망집이 비나리패의 아지트였다. 반면 희망집 근처에 있었던 반룡집은 용봉문학회 회원들이 주로 드나들던 곳이었단다.

한편 위의 인용문에는 첫 시집 발간에 대한 상당한 자부심이 드러나고 있다. 즉 동인지 형태의 작품집 발간도 여의치 않던 상황에서 그들의 첫 시집 발간이 문학적 충격을 안겨주었다고 술회하는 대목이 특히 그렇다.

여기서 흥미로운 사실 하나를 짚고 넘어갈 필요가 있다. 바로 제1시집의 작품구성이다. 이 시집은 크게 '동인작품'과 '선배작품'으로 되어 있다.

윤정현, 윤동휜, 김난영, 김경윤, 류진주, 송하경, 이학영, 임동확, 박철홍, 이종주, 송광룡, 이형권의 작품이 동인작품으로 묶여 있다. 반면 양성우와 곽재구 등의 시가 선배작품으로 분류돼 있다. 뜻이나 취향의 공유 그리고 구성원의 결속력을 강조하는 동인(同人)이라는 명칭은 제1시집과 제2시집을 제외하고는 등장하지 않는다.

송광룡의 회고에 따르면 그들이 처음에 동인이라는 명칭을 사용한 것은 오월시동인을 염두에 두었기 때문이다. 81년에 결성된 오월시동인의 영향력이 상당히 컸다는 반증이다.

오월시동인집이 나올 때마다 거기에 실린 작품들을 두고 임동확이나 고규태 등은 한국시가 나아가야 할 방향이 무엇인가를 가늠해보았다고 한다. 당시 송광룡의 선배들은 독자도 많고 유명세를 타던 곽재구보다는 세계인식 또는 세계관의 측면에서 진보적 시인으로 인식된 김진경이나 이영진의 시를 상대적으로 높게 평가했단다. 문학예술의 인식적 기능을 강조했던 그들에게 당연한 귀결이었지 싶다.

세계사적 지각 변동과 그 이후

한편 제1시집에 84년 당시 복적생 신분이었던 이학영[14] 현 국회의원(경기도 군포)의 시가 실려 있다는 점도 이채롭다. 아래는 이학영의 「첫눈」이라는 작품의 일부이다.

어느 날 돌연히
머리 위에서 하얀 것들이
내려올 때
그리하여, 목덜미 위에
차가운 것이 닿을 때
갑자기 덮쳐오는
자동차 경적에 놀란 듯
가슴은 뛰고 설레이며
긴긴 혼수에서 깨어나느니
(…)
생활의 뒷전에 밀려 버려둔
많은 것들이
아직도 저리 생생히 살아
난타하는 종소리처럼

쏟아져 내리고 있음을 깨닫느니

낡고 퇴색한 내 구두 끝에

싱싱한 풀잎처럼 날리고 있는

우리들의 꿈

우리들의 미래여

— 이학영, 「첫눈」 중에서[15]

이 작품은 첫눈하면 으레 떠올리는 낭만적 이미지를 벗어버리고 있다. 대신 "자동차 경적"이나 "난타하는 종소리" 등의 청각 이미지를 통해 '첫눈'은 시적 화자를 "긴긴 혼수에서 깨어"나게 하는 각성의 촉매제로 제시된다.

그러한 각성을 거쳐 "생활의 뒷전"으로 밀려난 것들의 꿈과 미래를 상상하겠다는 의지가 담겨 있는 시이다. 전체적으로 사회 밑바닥의 비루하고 남루한 것들에 대한 애착과 공감의 정서가 깊게 스며 있는 작품이기도 하다.

잘 알려진 것처럼 이학영은 1974년 전국민주청년학생총연맹(약칭 '민청학련')사건과 1979년 남조선민족해방전선(약칭 '남민전')사건으로 두 차례 구속된 바 있다. 특히 남민전사건은 유신체제 말기 박정희 정권의 최대 공안사건이다.

말

양 성 우 (시 인)

내가 던지는 나무껍질이
축축한 발자국으로 남아 있다가
바람 끝에 소리없이 숨을지라도
잡초처럼 무성하게 살아날 것이다
외진 마당 가에서 나는 늘 섭섭하고
내가 심은 한 줌의 모진 말들이
아이들의 입에서 비누방울로
툭툭툭 툭툭툭 터지는 것을
나는 눈물속에서 바라보면서
진흙으로 논밭에서 늙을 것이다
내가 피운 한송이의 작은 꽃잎이
죽어서도 두 눈을 부릅뜬다면,
나는 허공에 구름으로 살며
물묻은 씨앗들을 그리워 할 것이다
몇 마디의 가시돋힌 슬픈 말들이
새떼들과 어울려서 산맥을 넘고
갈잎으로 숲속에 썩을지라도
돌아와 뜨겁게 속삭일 때까지
나는 비스듬히 길가에 서서
두리번거리며 기다릴 것이다

비나리 제1시집에 실린 양성우 시인의 작품 「말」

공안당국은 1979년 11월 '반독재민주화 반외세'를 기치로 내걸고 결성한 지하비밀조직 남민전준비위원회의 관련자로 고 김남주 시인 등 80여 명을 국가보안법과 반공법 위반혐의로 체포했다. 이때 이학영은 징역 5년을 선고받았다.

하여간 비나리 제1시집이 나오고 이어 80년대 말까지 제2시집 『밥과 토지의 나라로』(1985), 제3시집 『당신은 오월바람 그대로』(1987), 제4시집 『붉은 언덕을 넘으며』(1988), 제5시집 『밑불』(1989)을 포함 총 5권의 시집을 내놓는다. 그러나 제6시집은 89년 이후 무려 6년만인 95년에야 『입구·1995』라는 제목으로 출간된다.

어렵지 않게 짐작할 수 있다. 운동으로서의 문학을 강하게 의식했던 비나리패는 80년대 후반에서부터 90년대 중반에 이르기까지 상당한 부침을 겪었지 싶다. 90년대 벽두를 장식한 것은 소련의 해체와 동구 사회주의권의 붕괴라는 초유의 사태가 낳은 충격이었다. 세계사적 지각변동으로부터 그들 역시 자유롭지 못했음에 틀림없다.

89년에 나온 제5시집과 95년에 나온 제6시집 사이에는 시간적 거리만 있는 것은 아니다. 강한 리얼리즘적 경향과 구술성(口述性, orality) 그리고 서사성(敍事性, narrativity)을 특징으로 하는 비나리의 시풍 자체가 확연히 달라지고 있다는 점을 확인할 수 있다. 작품의 사상성이나 정치성보다는 아무래도 시의 형식 실험 쪽으로 중심추가 이동하고 있음을 발견하게 된다.

비나리는 민요양식이다

그런데 왜 동아리의 명칭을 '비나리'로 하게 되었을까? 조사한 바에 의하면 비나리라는 이름을 처음 제안한 이는 이형권이다. 고교 시절부터 일찌감치 민속이나 풍물에 심취해 있던 이형권이 제안했고, 이를 구성원들이 받아들여 사용하게 된 것이다.

제1시집 권두에 실린 〈비나리선언〉에서 비나리란 곧 '민요(民謠)'라는 식으로 언급하고 있는 대목을 우선 보도록 하자.

> 비나리는 (…) 우리들의 의지를 함축하는 이름이다. **우리 전통의 공동체 문화의 민요양식인 비나리**는 개인적 체험이 민중적 체험으로 보편화되어 민족의 삶을 예술로서 표현하고 집적시켜온 우리 고유의 문학전통이며 삶에 대한 의지와 정서가 관념적으로 분해되지 않고 비는 사람의 의지가 객관화되어 왜곡된 허상 없이 오직 인간의 능력을 스스로 다지기 위해 울려 퍼지는 구원의 노래이며 해방의 몸짓이다.(강조-인용자)[16]

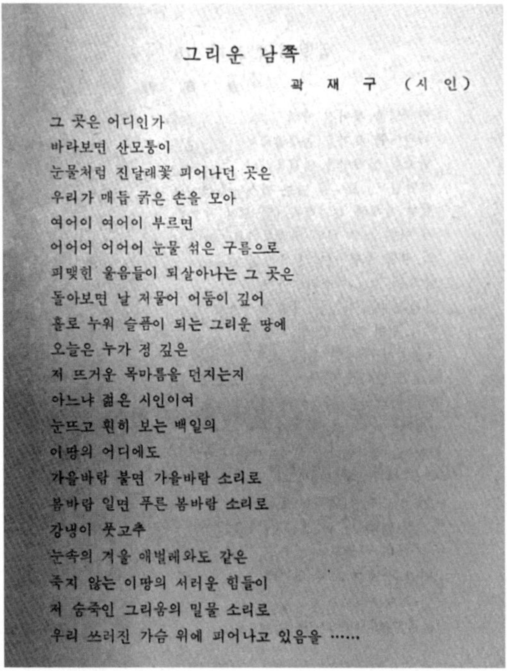

그리운 남쪽

곽 재 구 (시 인)

그 곳은 어디인가
바라보면 산모퉁이
눈물처럼 진달래꽃 피어나던 곳은
우리가 매듭 굵은 손을 모아
여어이 여어이 부르면
어어어 어어어 눈물 섞은 구름으로
피맺힌 울음들이 되살아나는 그 곳은
돌아보면 날 저물어 어둠이 깊어
홀로 누워 슬픔이 되는 그리운 땅에
오늘은 누가 정 깊은
저 뜨거운 목마름을 던지는지
아느냐 젊은 시인이여
눈뜨고 훤히 보는 백일의
이땅의 어디에도
가을바람 불면 가을바람 소리로
봄바람 일면 푸른 봄바람 소리로
강냉이 풋고추
눈속의 겨울 애벌레와도 같은
죽지 않는 이땅의 서러운 힘들이
저 숨죽인 그리움의 밀물 소리로
우리 쓰러진 가슴 위에 피어나고 있음을 ……

비나리 제1시집에 실린 곽재구 시인의 작품 「그리운 남쪽」

비나리는 민요양식이다, 라는 명시적 언급을 제외하고 나면 적잖이 추상적이고 관념적인 진술이다. 이를테면 어떻게 개인적 체험이 민중적 체험으로 보편화될 수 있는가? 이러한 물음에 대한 구체적인 단서를 이 선언에서 찾기는 사실상 무리다. 곧 특수성과 보편성이라는 철학적

(미학적) 범주의 논의를 따질 계제가 못 된다는 점이다.

물론 특정 목표나 의지를 강하게 표출하는 선언문의 특성상 거기에 섬세한 이론적 사유를 개진시킬 여지는 아마도 없었을 것이다. 다만 이 선언을 통해 민요라는 양식(그릇)에 그들이 담아내고자 했던 내용적 자질이 무엇이었는지는 어렵지 않게 유추할 수 있다. 바로 '전통성'과 '공동체성'이다.

비나리패의 민요에 대한 관심은 1920년대 무렵 서구의 자유시에 대한 안티테제로서 등장한 '민요시' 운동을 연상시킬 법하다. 물론 반서구(反西歐) 지향이라는 점에서 이른바 민요시파와 비나리패는 정신사적으로 흡사한 부분이 없지 않다.

그러나 그들의 관심은 당시 민요시 운동이 지니고 있던 관념적 혹은 낭만적 이상주의(이른바 '조선심' 또는 '조선혼'을 외치는)와는 분명 그 결이 다르다. 게다가 그들은 민요의 형식적 율격이나 서정적 측면에 대한 관심보다는 그것이 갖고 있다고 여겨지는 어떤 이념성을 강하게 주목한 듯하다. 이는 다음 대목에서 곧바로 확인할 수 있다.

민중들에게 삶은 끝없는 체험의 과정이고 공동체

> 내의 염원으로 확대되는 문화적 연대가 삶의 터전이 었다. 항상 민중들은 삶에 대한 태도와 문화예술에 대한 의미를 일치시켜 왔으며 우리 민족의 전통문화 양식은 노동을 하면서 자연스럽게 나오는 흥얼거림, 삶의 일상적인 축제, 제사 등을 거행할 때 삶의 따분함이나 고달픔을 토로하는 의식노래, 비나리, 메나리, 타령, 벽시 등 생활의 일상성에 대한 의미 탐구인 민요, 판소리 가락, 무속의 사설풀이, 민중미의식의 모태인 굿놀이와 풍물, 탈춤 등 생활 속에서 녹아서 튼튼히 이어져왔다.[17]

퍽 장황한 진술이지만 요약하자면 이렇다. 민중적 공동체 영역에서 '삶(일상)'과 '노동' 그리고 '예술'은 결국 하나(일체)일 수밖에 없다. 그리고 그러한 일체성을 집약적으로 보여주는 것이 바로 민속문화이다.

따라서 우리 고유의 민요, 판소리, 굿, 풍물놀이, 탈춤 등은 〈삶=노동=예술〉이라는 이념의 문화적 산물이다. 동시에 민중미학(미의식)의 모태이기도 하다.

삶, 노동 그리고 예술의 일체성

원론적으로 말하자면 근대사회란 전문화 또는 분업화의 산물이다. 근대적 삶이 목적합리성과 효율성에 의해 철저히 체계화되는 한편 인간의 자기분열과 실존적 고립을 대가로 치러야 했다는 것은 잘 알려진 사실이다.

그런 점에 비춰보았을 때 비나리패가 추구했던 〈삶=노동=예술〉이라는 일체성 또는 통합의 비전은 반근대(反近代) 또는 탈(脫)근대의 미학적 상상력과 맞닿아 있는 것이라고 해석해 볼 여지도 있다. 아무튼 아래는 비나리에 대한 사전적 정의의 일부분이다.

> 사물의 가락 위에 축원과 고사덕담의 내용을 담은 노래를 얹어 부르는 우리 민족 고유의 신앙행위이다. 어원은 정확하지 않으나 소원을 비는 행위를 나타내는 '빌다', '비나이다'의 의미를 가진 것으로 추정된다. 고사(告祀)소리는 고사반, 고사덕담이라고도 부르는데 비나리는 순우리말로 소리의 성격을 뚜렷하게 보여준다고 여겨 많이 사용된다. 마당굿을 마친 후 걸립패(乞粒牌 : 고사, 축원을 해주고 돈과 곡식을 얻는

> 풍물패)의 풍물재비가 고사 상 앞에서 부르는 소리로 알려져 있다. 주요 내용에는 축원덕담, 천지개벽, 살풀이, 액풀이 등을 담고 있다.[18]

위의 인용문에서 확인할 수 있듯 "비는 노래" 정도로 풀이되는 비나리는 한국의 무속적(巫俗的) 전통이나 의례와 깊은 연관을 맺고 있다. 따라서 전통문화의 재발견, 더 정확하게 말하자면 민속문화에 대한 의도적 지향성은 이미 비나리라는 명칭 안에 고스란히 담겨 있다고 해야 할 것이다.

참고로 표준국어대사전에 따르면 "동네의 경비를 마련하기 위하여 집집마다 다니면서 풍악을 울려주고 돈이나 곡식을 얻기 위하여 조직한 무리"가 바로 걸립패이다. 이를테면 걸립패는 굿이나 연희를 전문으로 하여 먹고사는 유랑연예인 집단인 셈이다. 이 걸립패를 두고 달리 '비나리패'라고 불렀다는 점은 매우 흥미롭다.

한편 비나리패가 결성되는 1984년 무렵 공교롭게도 '민요연구회'가 발족한다. 「농무」의 시인 신경림은 뜻한 바 있어 민요 수집을 그간 혼자 해오다가 민요에 대한 관심과 부흥을 본격적인 문화운동 차원으로 끌어올리려는 의도에 따라 민요연구회[19]를 조직한다.

> 민요운동은, 첫째 바깥의 제국주의가 지배하는 동안 일본 노래, 미국 노래 등에 의해 파괴되어 없어진 우리의 옛 노래를 되찾자, 둘째, 밖에서 들어왔지만 이미 우리 것으로 굳어진 노래들을 참다운 우리 노래로 세우자, 셋째 이 시대의 민중의 삶에 합당한 새로운 노래를 만들어 가자는 것이 그 목적입니다. 따라서 민요운동은 옛 노래를 찾아 부른다 해서 노래를 모두 옛말로 돌려놓자는 것이 아니며 이 점 다른 민중문화운동도 모두 같다고 생각합니다. (…) 우리의 경우, 남북으로 갈라진 민족의 동질성을 노래를 통해서 되찾고 남북이 하나일 수밖에 없는 올바른 노래를 찾아가는 운동으로 되어야 한다고 생각하고 있는데, 다른 민중문화운동도 역시 같다고 생각합니다.[20]

위의 인용문은 신경림이 민요운동의 의의를 설명한 부분이다. 우선 눈에 띄는 것은 민요운동이 당시의 민중문화운동과 궤를 같이한다고 거듭 진술하는 대목이다. 곧 이 운동이 단순한 복고주의("옛 노래를 찾아 부른다 해서 모두 옛말로 돌려놓자는 것")가 아님을 강조하는 것이다.

신경림이 제시한 민요운동의 전략적 목표는 우선 제국주의(서구 혹은 외래) 문화의 청산이다. 그리고 민중적 삶에 부합하는 노래 형식의 갈무리이다.

이어 분단체제 속에서 민족적 동질성의 회복을 위해 민요를 적극 활용하자는 것이다. 이를 통해 알 수 있거니와 신경림은 저항적 민중문화운동의 주요한 원천이자 무기로서 민요를 전유(專有, appropriation)하겠다는 의지를 밝히고 있는 셈이다.

"유신체제에 맞서서 꺼져가는 민주주의의 불씨를 새롭게 지켜내야 할 의무를 지각한 청년들"은 과거에서 희망을 발견하게 된다. 곧 탈춤을 비롯한 판소리, 풍물, 굿, 민요 등의 전통문화는 그저 "낡은 것"이 아니라 폭압에 맞서는 민중들의 "문화요 무기로 새롭게 인식"하기에 이른다.[21]

이것이 70, 80년대 민중문화운동의 주요한 패러다임이다.[22] 비나리라는 명칭 또한 그러한 패러다임의 반영이다. 따라서 민속적인 것이나 민요에 대한 비나리패의 관심은 전통회귀나 복고주의와 같은 보수적 충동과는 거리가 멀다.

이른바 저항적 전통(민속)문화라는 이념적 맥락에서 비나리라는 용어가 동아리의 공식 명칭으로 채택된 것이다. 결국 그들은 민요양식을 통해 "민중적 삶의 총체성에 뿌리박고 민중의 한과 분노 의지를 표현하는 감동적인 예술형식"[23]을 찾고 싶었던 셈이다.

사이비 보편주의와 대중문화를 넘어

비나리패가 민요에 대한 관심으로부터 '진정한' 민족문화 또는 민중문화란 무엇인가, 라는 물음으로 향하는 것은 당연한 귀결처럼 보인다. 그들이 진단하건대 민족(민중)문화를 계승하고 발전시키는 데 있어서 80년대 한국의 문화적 토양은 두 가지 측면에서 적잖이 부정적일 수밖에 없다.

우선 사이비 보편주의 문화담론이 횡행하고 있다. 즉 "보편성이라는 미명" 아래 "작게는 민족이나 전통이라는 탈을 쓰기도 하고, 크게는 세계성 지향이라는 거창한 구호를 내세우는"[24] 지배 세력들이 영향력을 발휘하고 있는 참이다.

아마도 비나리패는 당시 민속문화를 대대적으로 동원하여 치른 관제축제 '국풍(國風)81'을 강하게 염두에 둔 것으로 보인다. 잘 아는 바와 같이 국풍81은 전두환 정권이 1981년 5월 28일부터 6월 1일까지 민족문화의 계승과 대학생들의 국학에 대한 관심 고취라는 허울 좋은 명분 아래 서울 여의도 광장에서 주최한 문화축제였다.

정권은 이 축제가 이를테면 브라질의 리오축제를 방불케 하는 것이기를 바랐다고 한다. 잘 알려진 바와 같이 민속문화에 대한 관제화 전략은 "반체제적인 대학사회의 민속문화 붐을 체제화함으로써 대학가의 데모 열기를 가라앉히려는"[25] 의도에서 고안된 것일 뿐이다.[26]

아무튼 비나리가 보기에 이러한 흐름은 "신식민주의적 침략의 중요한 전진기지로 삼으려는 제국주의자들"의 음모이다. 그리고 정권의 행태는 그러한 음모에 "암암리에 동행하거나 직접 이해관계가 얽혀"[27]든 것에 불과하다.

다음으로 상업적 대중문화의 막대한 영향력이다. 비나리패의 여러 시편들에서 확인되는 바이지만, 그들은 대중문화에 대해 상당히 비판적이다. 매스미디어의 확산과 거기에 종속된 대중들의 획일성을 가장 부정적인 것으로 본다. 이를테면 아래의 시에서 보듯 텔레비전은 대중들의 우민화를 노리는 첨단 매체이다.

> 노예는 짐승이 아님을,
> 당신들 행복을 위한 애완동물은
> 더더욱 아님을 아십니까
> 날마다 TV로 바보를 만들고
> 귀머거리 눈 뜬 봉사를 만들어
> 우리를 순한 양떼로 만들렵니까
>
> – 임동확, 「검은 노예들의 합창」 중에서[28]

비나리패에게 "출판 저널리즘과 텔레비전 등 매스 커뮤니케이션의 비대화"는 대중들에 의한 "문화적 평준화와 획일화"[29]로 이어진다. 작금의 한국문화는 대중문화에 의해 오염된 상태이다. 물론 대중문화에 대한 이러한 부정적 인식은 '민중(people)'과 '대중(mass 혹은 popular)'을 분리 또는 구별 짓기[30]함으로써 민중문화를 개념화하거나 전경화(foregrounding)하려 했던 당시 문화운동의 흐름과 일맥상통하는 것이다.

'로컬'에서 길을 묻다

한국 사회를 지배하는 부정적인 문화 환경 속에서 비나리패는 민족적 또는 민중적 전통문화가 지닌 공동체성을 어떻게 복원할 것인가를 고심한다.

> 우리 세대는 근대에서 시작된 자본주의적 지식인의 개인적인 문화나 직접적인 효용을 중시하는 대중문화의 체제 속에서 성장한 까닭으로, 전통적인 공동체나, 더욱이 민중문화와의 접촉이 사실상 차단된 채 오늘의 시점에 이르렀다는 사실이다. 그렇다고 서구나 소위 요즘 거론되고 있는 제3세계 문화가 **우리의 문화적 모델**이 될 수 없으므로 더더욱 난관에 부딪친 듯하다.(강조-인용자)[31]

자본주의 사회의 개인주의 그리고 대중문화의 세례를 받고 자랐다. 또한 전통적인 공동체 문화와의 접촉이 거의 없었다. 위의 인용문은 그런 자신들이 과연 민중적 공동체 문화를 어떻게 상상할 수 있겠냐고 묻고 있는 것이다.

더군다나 주로 라틴아메리카를 발원지로 하는 '제3세

좌 비나리 제2시집 『밥과 토지의 나라로』 **우** 비나리 제2시집 뒷면에 실린 김경주 화가의 판화작품 「둠벙」

계문화론'이 당시에 회자되고 있었다. 그러나 그것이 한국적 현실에 부합하는 것인지도 사실 의문이다.

그렇다면 "우리의 문화적 모델"을 어디서 어떻게 찾을 것인가. 여기서 비나리패의 특이성이 드러난다. 그들은 공동체문화의 전형을 '로컬(local)'에서 찾는다.

곧 자신들이 "뿌리박고 있는 고향, 즉 전라도에 널려있는 판소리, 무가, 민요 등의 귀중한 민중문화 전통과의 만남"[32]을 시도함으로써 민중적 공동체 문화의 재건을 꾀하는 것이다. 그리고 그 만남의 첫 번째 대상이 바로 민속문화의 보고 '진도(珍島)'이다.

산업화로 인해 공동체성을 상실해 가고 있는 대부분의 농촌마을이 그러하듯 진도 역시 문화적 위기에 직면해 있는 게 사실이다. 그러나 비나리패가 보기에 대중문화의 범람 속에서도 생활현장에 밀착한 공동체적 문화행위들이 그나마 존속하고 있는 곳이 진도이다.

> 이 땅에 대중문화의 침투가 뿌리 깊다 할지라도 아직 우리 농촌생활 저변에는 전통풍속들이 남아 있어 문화적 자주성 확립의 토대가 된다고 할 수 있다. 즉, 우리들 의식의 내면에 아직 유린되지 않은 민족적 자존심의 일말이 남아 있다고 할 때 이는 고유문화의 현대적 확산과 아울러 독자적 문화정립의 토양이 될 수 있으며, 이러한 점은 실제적으로 문화운동의 측면에서도 주목이 되어 오고 있다.[33]

위의 인용문에서 확인할 수 있듯 비나리패는 대중문화의 극복 그리고 문화의 자주성 확립과 전통문화의 현대적 확산이라는 전망 속에서 진도라는 공간을 주목한다. 곧 그들은 전근대 사회의 "농촌문화 속에 내재된 민중들의 삶의 원리"와 능동적인 힘을 계승·발전시켜 "문화적 식민주의”와 분단체제(“역사적으로 제약된 민족의 위기”)를 타파한다[34]는 목적 아래 진도의 민속을 여러 차례 조사한다.

그 결과물이 바로 「진도 민속 기행」이라는 보고서 형식의 글이다. 이 글은 진도의 대동두레놀이(노동민속), 씻김굿(의식민속), 강강수월래(놀이민속) 그리고 몇몇 민요들을 개괄적으로 살피고 있다. 그러나 그들은 진도의 민속이 과거에는 “노동과 놀이의 유착관계를 유지하면서 비판적 민중정서를 표출”했으나 현재는 그것이 “현실적 삶으로부터 유리되어 운동성을 상실”[35]하고 있음을 목도해야만 했다.

이상화된 농촌공동체

비나리패의 인식이 지닌 문제점을 조금 짚고 넘어갈 필요가 있다. 어쩌면 이는 전근대 농촌사회와 공동체에 대한 이상화(낭만화)의 필연적 결과이기도 하다.

이를테면 비나리패가 포착한 진도(민속)라는 공간은 일종의 ‘풍경(風景)’으로서 발견(발명)되었을 가능성을 전혀 배제할 수 없다. 다만 이에 대한 더 깊은 이론적 논의는 생략하고 대신 다음의 언급을 참조하도록 하자.

> 모두에게 낯선 전근대 농촌 공동체 문화를 발견하고 이상화했던 것이다. 이 공동체 문화는 당대 대학생들에게서 혹은 당대 농촌 공동체에서 확인할 수 있었던 공동체가 아니었다. 그랬으리라 기대되는 이상적 공동체를 모델화했다. 그들은 분명 전근대 농촌 공동체에서 이상적인 문화가 존재했었고, 그것이 현재로서는 타락, 소멸, 왜곡, 퇴행 되어버렸다고 생각했다.[36]

이른바 온전했던 '과거'와 타락한 '현재'라는, 곧 〈순수//오염〉이라는 식의 가치(혹은 선악)의 이분법은 의사(擬似)-신학적(神學的) 관념이나 기원의 형이상학[37]을 전제할 수밖에 없다. 결국 비나리패의 내면성이 그러한 전제로부터 효과적으로 비껴서 있었던 것은 아니다. 그러나 사실상 80년대 민중의 발견 혹은 포착이라는 이 지향적 행위 자체에 기원적 순수성이라는 전제를 이미 함축하고 있었다고 해야 옳을 것이다.

아무튼 비나리패는 농촌민속이 세계와의 대립의지(저

항성)를 버리고 체념이나 현실도피의 안일함으로 치달을 가능성이 있음을 진단한다. 이어 다음처럼 진정한 민족문화 건설의 방향과 당위성을 제시하면서 글을 끝맺고 있다.

> 대중문화가 지닌 허구성과 아울러 우리 민속의 한계에 대한 비판적 인식이 따른 뒤에야 민족문화의 구체성은 설정된다고 볼 수 있다. 삶과 놀이의 동시성 회복을 통한 분단현실의 극복이 민족문화의 지향점이라 했을 때 문화운동은 과거 잔해로서의 민속이 아닌 현재 살아 움직이는 민속의 정립과 아울러 역사변혁에의 대열에 뜨겁게 참여해야 한다. 그러한 뜨거운 몸부림만이 민족과 역사의 미래를 밝혀주는 횃불이 될 수 있기 때문이다.[38]

위의 인용문은 대중문화뿐만 아니라 박제화된("과거의 잔해로서의") 민속문화를 동시에 극복해야만 진정한 민족문화를 구체화할 수 있다는 것으로 요약할 수 있다. 그 핵심은 삶과 놀이(혹은 예술)의 동시성 회복을 통한 분단체제의 극복이다.

여기서 그들이 제시하고 있는 진정한 민족문화의 상

이 구체적으로 무엇인지 따져 묻는 것은 크게 의미가 없다. 80년대 민족문화담론의 성격을 놓고 볼 때 더욱 그렇다. 즉 민족문화란 이런 것이다, 라는 식의 정의보다는 민족문화는 이런 것이어야 한다 또는 민족문화를 이렇게 건설하자, 라는 투의 "전략적·실천적 함의를 내포하고 있는 것"이 당시 민족문화담론[39]의 얼개였기 때문이다.

중요한 것은 민속적인 것 혹은 전통예술에 대한 관심이 비나리패에게 꽤 중요한 예술적 영감을 준 것으로 보인다는 점이다. 그들의 시편에는 무가의 형식적 특징을 의식한 것이나, 판소리의 사설 또는 타령을 연상시키는 작품들이 꽤 있다.

무등산 끝내 일어서지 못하고
쓰러져 짓밟히던 5월
침묵으로 흐느껴 울던 반도의 어머니
지리산이여
형체 없는 주검으로 쫓기고 쫓겨
숨어들던 남도의 몽달귀신이여
아직도 포승에 묶여 신음하는
반도의 모든 넋들이여

다시 오는 봄날에는 무등산 잔설 녹듯

언 가슴 풀어 헤치고 노래하라

(중략)

어머니의 산 세석평전이여

삼천갑자 해동산이 반도귀신 모두 불러

원통하다 애통하다 넋을 풀세 한을 풀세

마고할미 반고할배 화촉 밝혀 한몸 되듯

식민의 사슬과 분단의 꼬리를 끊고

이 땅의 모든 압제와 억압은

이 땅의 모든 분단과 이산은

통일제단 아래 하나 되게 하여

한 많고 사연 많은 넋을 건져 길을 닦고

덩기덩기 춤을 추며 5천만 한몸 되어

넋을 풀세 넋을 풀세, 에헤라 넋을 풀세.

– 김경윤, 「지리산 신제」 중에서[40]

예컨대 김경윤은 카세트테이프 12개 분량으로 녹음한 진도 씻김굿의 무가(巫歌)를 하숙방에서 밤마다 반복해서 들었다고 한다. 위의 시는 그러한 경험이 바탕이 되었을 것으로 추측되는「지리산 신제」의 일부이다.

이 작품은 크게 네 개의 부분으로 구성된 장시이다. 즉 죽은 넋을 호명하는 '초혼곡', 넋을 거둬들이는 '넋건이' 그리고 망자가 이승에 맺힌 원한을 풀고 극락으로 가는 길을 닦아주는 '길닦이' 마지막으로 원한을 풀어주는 '넋풀이'로 돼 있다.

잘 아는 바와 같이 지리산은 갑오농민전쟁 이래로 한국 근현대사의 비극성과 슬픔을 켜켜이 간직한 공간이다. 결국 이 시는 지리산 신제(굿)의 형식을 빌려 샤먼(무당) 노릇을 자임한 시적화자를 통해 억울하게 죽어간 원혼들을 극락(통일된) 세상으로 인도하고자 하는 간절한 소망을 노래하고 있다.

미주

1 참고로 80년대 대학의 학생문화를 다룬 한 글에는 당시의 국면을 이렇게 설명하고 있다. "일부 핵심구성원을 중심으로 했던 학생운동은 졸업정원제와 학원자율화 조치로 인한 유화국면을 맞아 대학사회 전체로 그 영향력을 확장하면서 대중적 조직 기반을 갖게 되었다. 84년부터 대학에서는 공개적인 대중조직으로 학생회가 부활하고 학과별 학회가 구성되는 한편 반합법적인 투쟁위원회가 조직되었다. 과거 비합법적 소그룹조직이었던 '패밀리'가 '학원자율화추진위원회', '학생회'와 같은 대중조직으로 확대 변화함으로써 비밀결사조직 중심의 학생운동은 '운동권' 문화로 확대되었다. 이는 학생대중으로부터의 관심과 함께 학생운동의 이론과 실천에 대한 사회적 정당성을 획득하는 기회가 되었다."(김미란, 「80년대 대학의 학생 문화 : 비판적 학습과 문화적 실천의 장」, 『한국교육사학』 제37권 제1호, 2015, 36쪽.)

2 김동근, 「1970~80년대 지성과 실천의 시대를 열어가다」, 『전남대학교 국어국문학과 60년』(국어국문학과 60년사 편찬위원회), 전남대학교출판부, 2013, 79쪽.

3 이러한 상황에서 용봉문학회 회원이었던 국문과 학생들 중 상당수는 비나리가 결성되자 그곳에 합류했다. 물론 용봉문학회와 비나리 모임을 동시에 관여했던 이들도 있었다고 한다.

4 김경윤, 「별이 없는 시대에 별을 노래하는 젊은 벗들을 위하여」, 『입구·1995』(비나리 제6시집), 1995, 111쪽.

5 「비나리선언」, 『가자 피 묻은 새떼들이여』(비나리 제1시집),

1984, 1쪽.

6 같은 글, 1쪽.

7 같은 글, 1쪽.

8 같은 글, 2쪽.

9 김경윤, 「별이 없는 시대에 별을 노래하는 젊은 벗들을 위하여」, 111쪽.

10 "양성우는 광주 중앙여고 교사로 재직하던 1975년 2월 12일 밤 광주 YMCA강당에서 열린 '민청학련관련자 석방 환영 및 구국 금식기도회' 자리에서 유신독재에 대한 비판의식을 담은 자작시 「겨울 공화국」을 낭송했다가 파면 당한다. '겨울 공화국'이란 시의 제목이 압축적으로 시사하듯, 양성우에게 유신시대는 살아 있는 뭇 생명체의 생명활동을 동면(冬眠)케 하는, 아니 죽음을 덧씌우는 동토(凍土)의 계절 그 이상도 이하도 아닌 것으로 파악된다."(고명철, 「다시 보는 필화사 - 1970년대 필화사건의 정점, 「노예수첩」과 시인 양성우」, 〈컬쳐뉴스〉, 2005. 11. 25.)

11 오월시(五月詩)동인은 80년 5월 광주항쟁의 정신을 문학적으로 계승한다는 취지 아래 81년에 결성된 시인들의 모임이다. 김진경, 박상태(박몽구), 나종영, 이영진, 박주관, 곽재구, 윤재철, 최두석, 니해철, 고광헌 등이 동인으로 참여했다.

12 『밥과 토지의 나라로』(비나리 제2시집), 1985, 72쪽.

13 조성현, 「비나리패, 우리가 살아갈 길」, 『붉은 언덕을 넘으며』(비나리 제4시집), 1988, 164쪽.

14 국문과 71학번이었던 이학영은 당시를 이렇게 회고한다. "그렇게 해서 나는 구속되었고 제적되었다. 소위 말하는 민청학련사

건에 내가 포함된 것이었다. 7년의 형을 서울 육군본부 군사법정에서 선고 받았고 10개월 만에 특별사면으로 풀려났다. 그러나 복적은 안 되고 다시 생활현장으로 감옥으로 돌아다니다가 이후 10여 년이 지난 1984년 봄에야 다시 복적을 하게 되었다."(이학영, 「시대의 광풍에 휩쓸린 서정의 추억」, 『전남대학교 국어국문학과 60년』, 241쪽.

15 『가자 피 묻은 새떼들이여』(비나리 제1시집), 43~44쪽.

16 「비나리선언」, 『가자 피 묻은 새떼들이여』(비나리 제1시집), 1~2쪽.

17 같은 글, 1쪽,

18 『시사상식사전』(pmg 지식엔진연구소)의 '비나리' 항목 (https://terms.naver.com/entry.naver?docId=935142&cid=43667&categoryId=43667)

19 민요연구회 창립 회원으로 시인, 극작가 등의 예술가 탈춤을 연구하는 민속학자, 노래지도나 풍물지도를 담당했던 현장전문가 등으로 구성되었다고 한다.(이상현, 「80년대 문화운동권의 민요에 대한 이해와 활용 : '민요연구회' 활동을 중심으로」, 『한국민속학』 제50집, 한국민속학회, 2009, 330쪽)

20 신경림, 「한국의 민중문화운동」, 『민요공동체를 위한 대동굿』(『민요연구회보』 제7집, 민요연구회) 2쪽.(이상현, 앞의 글, 329~330쪽에서 재인용)

21 「실록민주화운동 – 저항적 민족문화운동」, 〈경향신문〉 2003, 11. 10.

22 민속문화 혹은 민속적인 것이 7, 80년대 민중문화운동 세력에

의해 전유되는 과정을 이해하기 위해 다음과 같은 언급을 참고할 필요가 있다. "(…) 농민문화요 서민문화인 민속문화야말로 '민족문화' 재건에서 핵심적인 위치를 차지해야 하며, 이를 어떻게 현대적으로 되살리는가가 '민족문화'의 관건이라는 것이 강조되었다. 민속문화에 대한 관심은 1960년대 역사학계에서 주장한 식민사관 극복과 내재적 발전론 등으로 조선 후기 평민문화가 주목되면서 제기되어 1970년대 대학가의 탈춤운동 등과 함께 무르익었다. 곧 민속문화는 전근대에는 사대부문화에 의해 의도적으로 배제 당했고, 일제하에서는 샤머니즘적이고 상스러운 것으로 무시되었으며, 1960년대의 근대화정책에 의해 미신과 무속이라는 이름으로 평가절하 되었는데, 이제 그러한 시각은 교정되어야 한다는 것이다. 더구나 민속놀이가 보여주는 강한 공동체성은 '민족문화'가 지향해야 할 것으로 칭송되었다."(이하나, 「1970~1980년대 '민족문화' 개념의 분화와 쟁투」, 『개념과 소통』 제18호, 한림대 한림과학원, 2016, 179쪽.)

23 「비나리선언」, 『가자 피 묻은 새떼들이여』(비나리 제1시집), 2쪽.

24 「책머리에」, 『밥과 토지의 나라로』(비나리 제2시집), 9쪽.

25 이나라, 앞의 글, 190쪽.

26 "'국풍 81'은 1980년 5월 광주를 피로 물들였던 군부가 국민적인 관심을 다른 곳으로 돌리고 정권의 정당성을 홍보하기 위해 기획된 '관제 축제'였다. 허문도 정무 제1비서관은 70년대부터 대학가에 일고 있던 마당극 운동 등 우리 것을 찾자는 열기를 포섭하고 대학생들을 체제 안으로 끌어들이고자 했다." (이진우, 「어제의 오늘 : 1981년 문화대축제 '국풍81'」, 〈경향신문〉, 2009. 5.

27.)

27 「책머리에」, 『밥과 토지의 나라로』(비나리 제2시집), 9쪽.

28 『가자 피묻은 새떼들이여』(비나리 제1시집), 48쪽.

29 앞의 글, 9쪽.

30 일례로 그 무렵 한 대학 교지에는 다음과 같은 언급이 실려 있다. 곧 "민중과 대중의 특징을 비교해 볼 때 양자가 특정의 소수 엘리트 계층이 아니라는 공통점이 있다. 민중은 역사적 의미가 강한 개념이다. 반면에 대중은 산업사회의 산물인 의미가 강한 개념이다. 민중이 역사에 적극적인 의미를 가지고 있으며, 대중은 소극적인 향수층을 이루고 있다."(김기을, 「민중과 대중」, 『수원대문화』 제2호, 수원대학교 교지편집위원회, 1986, 262쪽.) 이러한 언급은 당시 퍽 일반화된 견해였다고 할 수 있다. 그러나 오늘날의 관점에서 보면 이러한 구분은 대단히 성긴 것임에 틀림없다. 산업화 이전과 이후로 민중과 대중을 나누는 것도 애매하다. 뿐만 아니라 행위 양태의 적극성 여부로 그 둘을 구별할 수 있는 것도 아니다. 다만 당시 민중이 구체적인 실체라기보다는 하나의 당위로서 혹은 특정한 가치지향성으로서 호명되었다는 사실이 중요할 것이다.

31 앞의 글, 10쪽.

32 같은 글, 10쪽.

33 「진도 민속 기행」, 『밥과 토지의 나라로』(비나리 제2시집), 120쪽.

34 같은 글, 116쪽.

35 같은 글, 127쪽.

36 허용호, 「'그들'이 만들려했던 공동체 : 1980년대 대학 대동제 연구 서설」, 『일본학』 제29권, 동국대 일본학연구소, 2009, 140쪽.

37 이와 관련하여 기원적 '순수(성)'의 허구를 비판하고 있는 알튀세르의 언급을 떠올려 보는 것도 나쁘지 않을 듯하다. "우리는 더 이상 기원적인 본질을 갖지 않고, 인식이 그 과거 속으로 아무리 멀리 거슬러 오른다하여도, 항상-이미-주어진-것만을 갖는다. 우리는 더 이상 단순한 통일체를 갖지 않고, 구조화된 복합적 통일체를 갖는다. 따라서 우리는 더 이상(그 형태가 어떠하든지간에) 기원적인 단순한 통일체를 갖지 않고, 구조화된 복합적 통일체의 항상-이미-주어진 것을 갖는다."(L. 알튀세르, 이종영 옮김, 『맑스를 위하여』, 백의, 2002, 238쪽.) 이 언급에 의하면 타락한 현재를 뒤로 하고 아무리 시간을 거슬러 올라간다고 한들 온전했던 혹은 순수했던 과거 따위와 만날 수 있는 게 아니다.

38 「진도 민속 기행」, 127~128쪽.

39 이하나, 앞의 글, 172쪽.

40 『밥과 토지의 나라로』(비나리 제2시집), 29쪽.

비나리패의
실험들

시와 노래 그리고 극의 종합

비나리패 제4시집 『붉은 언덕을 넘으며』에는 '기획'이라는 표제 아래 「비나리패, 우리가 살아갈 길」이라는 글이 실려 있다. 이 글은 비나리패가 창립한 해인 1984년부터 4년간의 활동을 기록해 온 일지에서 중요 부분들을 발췌한 것으로 돼 있다.

그때의 비나리패 일지를 구할 수 없음이 적잖이 아쉽다. 그러나 이 글을 통해 비나리패의 당시 행적이나 그들을 휘감았던 시대적 분위기의 일단을 짐작할 수 있다. 그나마 다행이다. 아무튼 이 글에는 아래와 같은 인상적인 대목들이 있다.

① 미군에 의해 윤간당한 여교사는 자살을 하게 되고 비분강개한 그녀의 남편이 처절하게 일어서는 장면을 형상화하여 **시와 마당극**으로 표현하였다. 5·18 투쟁 기간에 진행되어 많은 학우들이 미제국주의에 대한 불타는 적개심으로 오월을 다시금 가슴속 깊이 인식하게 했다. 시와 연관된 대사나 행동표현은 비나리에서 맡고 전문적인 극의 형성은 극문화연구회에서 담당하여 발표하였는데, 특히 이봉환 회원의 남편 역은 단연 으뜸이었다.(강조–인용자)[1]

② 86년 11월, 국문인의 날, 그동안 대본작업부터 시작해서 약 1개월간의 준비 기간이 있었다. 뜻대로 되지 않아 다툼들도 많았고 연극이란 걸 그렇게 많이 접해보지 못한 탓으로 시원스럽게 진행되지도 않았지만 결국은 부끄러운 얼굴을 내보여야 했다. (…) **시와 노래와 극을 종합시킨 매체통합의 의의**를 설정하여 어용교수·위정자들과 민주를 갈망하는 청년학도의 의지를 대립시키면서 재미있게 엮은 판이었다.(강

조–인용자)[2]

인용문 ①은 86년 5월 어느 날의 기록이다. 우선 86년을 전후해서 주한미군이 저지른 성폭력 피해로 여교사가 스스로 목숨을 끊은 사건이 있었는지 확인되지 않는다. 아마도 극의 전개를 위한 가공의 설정으로 보인다.

여교사 남편의 분투기를 다룬 '시와 마당극'의 제목은 「한반도여, 한반도여」이다. 애석하게도 이 작품의 구체적인 내용은 알 길이 없다. 다만 비나리패의 이봉환이 남편 역을 맡았고, 5·18투쟁기간(5월 18일~27일) 학내 집회현장에서 극이 펼쳐지면서 학생들의 반향을 일으켰다는 것만 확인할 수 있다.

다음 인용문 ②는 86년 11월 전남대 국문과 자체 행사인 '국문인의 날'에 시연된 종합극 형태에 대한 이야기이다. 인용문에서 보듯 대강의 줄거리 정도만 알 수 있다. 그 종합극의 제목이 무엇이었는지 기록되어 있지 않다.

그러나 위 인용문들에서 특별히 눈여겨볼 게 있다. 즉 "시와 마당극" 또는 "시와 노래와 극을 종합시킨 매체 통합의 의의"라고 언급한 대목이다. 비나리패가 문화예술장르 간 교섭의 시도를 의욕적으로 실행해 온 것으로 보인다는 점이다.

굳이 구분하자면 시(詩)는 텍스트 장르이다. 반면 노래[歌]나 극(劇)은 연행(演行, performance) 장르이다. 시를 포함한 문학은 이를테면 매개성(간접화)을 전제한다.

쉽게 말해서 작가가 창작하는 행위(생산)와 독자가 수용하는 일(소비)은 동시적이지도 대칭적이지도 않다. 즉 작가의 쓰는 행위와 독자의 감상 행위 사이에는 필연적으로 시간적 격차가 존재한다. 정서적 또는 심리적 거리도 놓여 있다. 이는 어쩔 수 없는 일이다.

그러나 연행 장르는 다르다. 물론 대본과 같은 것이 전제되기는 하지만 연행자의 행위와 관객의 수용 사이에 시간적·정서적 괴리가 거의 없는 것으로 보아도 무방하다.

즉 둘의 소통은 현장에서 직접적이고 동시석인 방식으로 이뤄진다. 이러한 점에 비춰 볼 때 예술 자체의 파급성이랄까 아니면 정서적 감응의 효용성만을 놓고 보자면, 문학예술은 연행예술에 비할 바가 못 된다.

이때 중요하게 고려해야 할 사항은 비나리패가 시와 노래 또는 극과의 장르 통합을 시도했다는 사실이 아니다. 그 통합의 결과물을 눈으로 직접 확인할 수도 없는 상황이다.

지리산 천왕봉에서. 왼쪽부터 윤동훤, 이종주, 송혜경, 김난영, 김경윤(1985)

어쨌든 '근대문학적' 의미에서 시는 인쇄된 활자 형태로 유통되는 것이 상례다. 그런데 비나리패에게 시 장르가 지니고 있는 이와 같은 불가피한 성격 곧, 텍스트성이 일정한 한계가 있는 것으로 보였을 가능성이 높다.

구술성을 위하여

일반적으로 인쇄매체는 "폐쇄감각을 부추긴다. 즉 텍스트에서 발견되는 것이 어떤 식으로든 마무리되어 완성 상태에 이른다는 감각"[3]을 불러일으킨다. 시의 텍스트성은, 또는 월터 J. 옹 식으로 말하자면 문자성(literacy)이 지닌 폐쇄성(완결성)은 비나리패에게 핸디캡 같은 것으로 인식되었지 싶다. 즉 민중과의 부단한 만남과 소통 그리고 운동으로서의 문학을 강력하게 열망했던 그들에게 시 장르는 아무래도 한계가 있는 것으로 보인다.

민중의 계몽이건 또는 대중들의 투쟁의지 고취를 위한 선전·선동이건 마찬가지다. 소기의 목적을 달성하려면 동아리 내에서 창작되고 읽히고 마는 형태의 시여서는 곤란하다. 시 창작과 수용 행위를 개방적인 형태의 그것으로 바꿀 필요가 있다.

이때 시를 연행 장르와 유사한 것으로 변모시키는 일을 생각해볼 수 있다. 즉 문자성의 제약을 뛰어넘어 시를 의도적으로 연행적(performative) 환경에 놓는 것이다. 그 가장 용이한 형태가 바로 시의 낭송이다.

다른 말로 시의 구술성(orality) 확보 전략이다. 낭송을 통해 대중들과 직접적인 소통의 국면을 넓힘으로써 시의 정서적 전파력과 울림을 극대화할 수 있다. 따라서 비나리패가 시도했던 시와 노래 그리고 극과의 장르 교섭은 시의 연행성에 대한 지향에서 자연스럽게 도출되었던 것이라고 보아야 한다.

> 어찌 할거나 어찌 할거나
> 굶주린 하늘빛 등짝에 붙어
> 주름살처럼 몸을 파는 들판
> 칙칙한 모방에서 농약을 들이켜고
> 저수지 둑에는 칼부림이 나는데
> 고갱이처럼 펄럭이는 녹색혁명 완수
> 가슴 무너지는 삽질 끝에 애비가 운다
> 숨 가쁜 물길 앞에서 거품을 물고
> 화병 난 양수기가 피눈물을 쏟는데
> 군살 박힌 아우성이 꺼꾸러지듯
> 들판 가득 속고 사는 바람
> 속고 사는 목숨
> 다 죽어버리자고 목이 쉰 팽나무가
> 두엄더미 같은 울음을 토하며

사흘 밤낮을 뜬 눈으로
콸콸 피눈물을 쏟아내는데

— 이형권, 「양수기」 중에서[4]

위의 시는 박정희 정권 이래 녹색혁명 또는 농업근대화의 이면에 가려진 농촌의 파탄과 농민들의 몰락을 그리고 있다. 피눈물 나는 농촌의 현실을 "화병 난 양수기"에 빗대어 표현한 작품이다.

이 시의 시적 성취에 대한 평가는 생략한다. 다만 이 시가 당시 '광주젊은벗들'[5]이 개최한 행사에서 낭송되었다는 사실이 중요하다. 광주젊은벗들은 이승철, 박선옥, 조진태 등이 80년 5월의 진실을 알리겠다는 취지로 82년 11월 28일에 결성한 문예운동조직이다.

이들은 문자행위의 신비성 파괴와 민중문학시대의 발판을 마련하겠다는 포부를 내세웠다. 이를 위해 총 네 번의 시낭송 및 시화전 행사를 개최한 바 있다. 당시에 광주시민들의 지원과 격려가 적지 않았다고 한다.

특히 제4회 행사인 '벽시 노래마당'은 1983년 10월 22일 광주 YMCA에서 열렸다. "5월 이후 실의에 빠진 광주시민들 속으로 직접 뛰어 들어가 대중과 함께 호흡하는 시낭송운동을 전개함으로써 열린 공간에서 상호공감대를 형성"[6]했다는 평가를 얻었다.

이 행사에서 광주항쟁을 형상화 한 시나 노동시와 농민시 등을 총 9명이 낭송했다고 한다. 이형권도 그중 한명이었다.

광주젊은벗들이 시낭송으로 직접 대중들을 만나 공감대를 형성했다는 대목이 핵심이다. 이때 중요한 것은 낭송되는 시 자체의 예술적 성취나 미학적 완성도가 아니다. 그러한 원론적인 평가가 사실상 유보되어도 크게 문제되지 않을 수 있다.

물론 특정 시가 대중 속에서 낭송되는 맥락적 조건을 완전히 괄호 치고 시 텍스트 자체만을 비평하는 일은 얼마든지 가능하다. 딱히 어려운 일도 아니다. 그렇지만 그러한 비평이 과연 늘 생산적인 것인지는 때때로 의문이다.

비평이론에서 시를 시이게끔 하는 언어의 형식적 조건을 주로 탐구하는 신비평(新批評, New Criticism)이라는 게 있다. 그러한 비평적 관점이나 태도를 신봉하는 사람들이 여전히 많다. 그러나 시에 대한 형식주의적 독해가 시 분석의 정석도 아닐 뿐만 아니라 능사도 아니다.

진정성의 문예공동체

참고로 한국의 대학(학계)에서 영미계열의 신비평이 주류로 정착하게 된 배경은 적잖이 의심스러운 것이다. 공교롭게도 해방 이후 한국이 미국 친화적 체제로 점차 전환되는 과정과 맞물려 있다는 점도 주의를 요한다. 아무튼 아래의 시를 보도록 하자.

아버지
노래라도 하나 부를까요
그렇게 아무 말씀 안 하시는
어둔 밤은 싫어요

(…)

아버지 웃음 같은 꽃과
아버지 땀방울 같은 열매가
헐값으로 지던 날
아버지는 다시 약속되어지지 않는
땅 위에 내리는 어둠을 보고 계셨지요

새벽의 고요가 전선에 배이도록
흘리는 눈물도 아버지 흘리신 땀보다
뜨겁지 못하다는 것을 알기에
아버지
귓가에 향그런 흙내음으로
서고 싶은 오늘
노래라도 하나 부를까요.

– 장옥근, 「아버지 노래라도 하나 부를까요」 중에서[7]

위의 시는 비나리패의 시집들 속에서 빈번하게 발견할 수 있는 사모곡(思母曲)과 쌍을 이루는 사부곡(思父曲) 계열의 작품이다. 고된 노동과 삶에 지쳐 침묵하는 아버지를 어떻게든 위로하고자 하는 자식의 애절한 마음을 담담한 어조로 풀어내고 있다.

다소 가혹하게 말하자면, 우선 위의 시에서 이렇다 할 시적 장치가 눈에 띄지 않는다. "노래라도 하나 부를까요"라는 진술의 반복 외에 딱히 시적 긴장(tension)이라고 부름직한 요소도 찾기 어렵다.

또한 이 시는 특별히 도드라지지 않는 완만한 호흡과

정서의 흐름을 끝까지 유지한다. 담담한 고백의 형식이 연상되지만 그런 만큼 밋밋하다.

게다가 "웃음 같은 꽃" 또는 "땀방울 같은 열매" 등의 표현은 적잖이 식상하다. 유감스럽게도 40여 년의 세월이 흐른 오늘날의 시점에서 위의 시가 독자들에게 정서적 감응을 불러일으킬 수 있을지는 솔직히 장담하기 곤란하다.

그러나 이런 방식의 비판은 문학연구에 막 입문한 초보자라도 얼마든지 할 수 있는 일이다. 이 시가 연행적 맥락에 놓였었다는 것, 곧 특정 상황에서 낭송되었다는 사실을 살펴본다면 사뭇 다른 해석이 가능하다.

비나리패는 87년 3월 28일 당시 광주의 충장로에 있던 식당 '영하당'에서 세 번째 시집 『당신은 오월 바람 그대로』의 출간 기념회를 갖는다. 이 자리에서 시집에 대한 평가와 더불어 약식 노래공연과 시낭송 등의 부대 행사가 펼쳐졌던 모양이다.

이때 장옥근은 위의 시를 낭송하게 된다. 그러나 "끝까지 낭송하지도 못하고 눈물을 흘려" 좌중에 있는 사람들의 "가슴을 뭉클하게 했다"[8]고 한다.

송광룡의 회고에 따르면 비나리패는 술자리에 모이면 늘 울었다고 한다. 매주 월요일에 있었던 시평(詩評)모임

비나리 제3시집
『당신은 오월바람 그대로』

이 끝나면 으레 그들만의 아지트 희망집으로 몰려가 뒷풀이를 했다.

자신들의 시가 추상같은 선배들에 의해 난도질(?)당한 충격에 우는 일도 잦았다. 그러나 딱히 그런 이유만은 아니었다고 한다.

사복 경찰들이 감시하는 학교 분위기는 늘 숨 막히고 살벌했다. 앞이 보이지 않는 시대는 그야말로 절망스럽다. 비평가 김현을 흉내 내서 말하자면, 심연은 보이는데 역사적 전망은 보이지 않는다. 게다가 그들의 시는 온통 아프고 고통스러운 이야기들뿐이다.

한편 그들은 억압받고 착취당하는 부모의 삶을 자주 떠올려야 했다. 치미는 분노와 슬픔에 잠겨 술을 마시고 노래를 부른다. 그리고 그때마다 울음을 토한다.

이러한 분위기에서 누군가 민중시인 김남주의 시를 암송한다. 이내 좌중은 눈물바다가 돼버리곤 한다. 꽤 흔한 일이었단다.

장옥근이 자작시를 낭송하다 슬픔에 겨워 채 읽지도 못하는 풍경, 그리고 그것을 바라본 사람들이 눈물짓거나 뭉클해지는 풍경. 비나리패에게 전혀 낯선 게 아니었다.

시대적 불안과 청년기적 우울감이 그들을 늘 울 준비가 돼 있도록 만들었다고 해야 할까. 그때의 청년들은 만성적인 멜랑콜리아(melancholia) 상태였다고 해도 틀리지 않을성싶다.

한데 정작 중요한 것은 전염성이 강한 집단적 슬픔 그 자체가 아니다. 그 안에서 역설적으로 그들이 동지애와 같은 끈끈한 정서적 유대와 결속력을 체감했을 것이라는 점이다.

특히 그들은 미국식 대중문화나 개인주의가 장악한 탓에 건강한 공동체문화가 붕괴되었다고 진단해 왔다. 그런 그들에게 공동체의 체험은 경이로울 수밖에 없다. 따라서 그들의 울음에서 비관주의나 비애(우울)의 공동체와 같은 것을 상상할 필요는 없다.

막걸리 한 사발에도 쉽게 흔들릴 줄 아는 취기와
동료의 가슴 위로 온전히 쏟아질 애정과 개인이기보
다는 공동체이기를 온몸으로 갈구하는 집단성과 이

> 모든 것으로 우리의 문학은 기어이 인간에 기여한다는 사명감을 가지고 일상의 하찮은 만남일지라도 꼭 진지할 수 있었다.[9]

요컨대 그들이 꿈꾼 것은 '일상의 하찮은 만남'조차 허투루 하지 않을 진정성(authenticity)의 문예공동체이다. 이때 슬픔은 공동체, 또는 자신들의 '공감장(共感場, sympathetic field)'[10]을 지탱하는 주요한 감성적 자원이다.

울음 안에 시대에 대한 분노와 저항의 의지가 있다. 아울러 그 집단적 울분 안에서 민중을 상상했다. 그리고 민중과 자신들을 동일시하는 한편 스스로를 단련시키고 각성시켰던 것은 아닐까.

물론 몇몇 시편들에서 확인할 수 있듯 그 울음이 사적 비애나 우울의 표출로 귀결되는 경우가 있다. 또는 막연한 감상주의(sentimentalism)의 경향으로 치닫는 예도 없지 않다.

기존 시의 관념을 백지화한다는 것

시낭송은 그들의 공감장을 형성하고 유지하는 중요한 매개체이다. 그들은 슬픔(혹은 분노)의 연대 안에서 시낭송이 갖는 감성적 파급 효과를 피부로 느꼈을 가능성이 크다.

자신들이 구축한 공감장을 비나리패를 넘어 사회적 차원으로 확장시키고자 하는 열망이 그들을 압도할 수밖에 없다. 민중해방을 위한 노래를 소망한 그들에게 이는 더욱 절실한 것이다.

이것이 바로 그들이 시의 구술성에 강하게 이끌렸던 이유이다. 그들은 시를 구상하거나 창작하는 초기의 단계에서부터 이미 어떤 식으로건 낭송 가능성을 염두에 둘 수밖에 없다.

이를테면 비나리패의 대표적인 공동창작 작품인 「들불야학」이 있다. 이 작품은 학내외의 집회나 각종 행사 현장에서 꽤 여러 차례 대중들을 상대로 낭송된 바 있다.

흥미로운 것은 한 사람이 시 전체를 낭송하기보다는 여럿이 연단에 올라 낭송했다는 점이다. 그들은 이러한 낭송 형식을 '연대시낭송'이라고 부르는 듯하다. 아무튼 사전에 약속한 대로 각자 맡은 부분을 낭송하거나 감정이 고양되는 클라이맥스 대목은 함께 우렁찬 목소리로 낭송하는 식이다.

노래로 따지면 독창과 합창을 번갈아 하는 셈이다. 이는 시낭송의 효과를 고조시키기 위한 초보적인 수준의 극적 연출이었다고 할 만하다.

구술성에 대한 지향은 필연적으로 시의 작법이나 형식 구성에 상당한 영향을 미쳤을 것으로 짐작된다. 옹은 구술문화에 입각한 사고와 표현의 특징들을 설명하면서 이렇게 말한 바 있다.

> 구술 발화(utterance)는 발화되는 순간 사라져버리기 때문이다. 그러므로 정신은 지금까지 논해온 사안에 더 많은 주의와 관심을 가지면서 한층 서서히 앞으로 나아가야 한다. 장황한 말투, 즉 직전에 발화된 것의 되풀이는 화자와 청자 양쪽을 이야기의 본래 줄거리에서 벗어나지 않도록 단단히 비끄러매둔다.
>
> 장황한 말투는 구술문화에서의 사고와 말하기의 특징이라는 점에서, 그러한 말투는 빈틈없이 논리 정연한 것보다 심오한 의미에서 한층 자연스러운 사고

와 말하기가 되는 셈이다.[11]

요컨대 구술문화의 표현적 특징은 장황함, 다변성, 반복이다. 말투는 분석적이거나 논리 정연하기보다는 자연스러워야 한다. 이는 화자와 청자 간의 긴밀한 결속을 위한 조치이다.

비나리패의 시들은 대부분 길이가 길다. 시적 진술들 역시 대체적으로 장황하고 산만하다. 심지어 "전하려는 내용보다 많은 어휘를 사용하여 내용 전체를 남김없이 표현"하려는 듯한 요설체(饒舌體) 소설이나 판소리를 연상케 하는 작품들도 있다.

그런 탓일 것이다. 시의 기초 단위인 행(行)과 연(聯)의 구성적 규범을 따르고 있는 것인지 의심스러운 작품도 있다. 물론 저마다 행과 연이 있기 때문에 외형상으로는(인쇄된 상태로는) 시이다.

그러나 행과 연의 구분이 임의적이어서 산문을 무작위로 끊어놓은 듯한 인상을 주는 경우가 종종 있다. 사정이 이렇다 보니 시적 긴장이 자리 잡을 만한 시의 의미론적 공간이 협소하거나 아예 없기도 하다.

이쯤 되면 이런 류의 시를 시라고 할 수 있나 하는 의

문이 들 수 있다. 그들의 시는 초보적인 시의 문법조차 숙지하지 못한 아마추어의 그것으로 폄하될 소지가 다분하다.

가치중립적인 형식미학의 범주나 공인된(주류의) 문학사적 기준을 격자로 놓고 그들의 시를 판단한다면 함량미달로 보일 것은 자명하다. 그런데 과연 그럴까?

그들 중에는 이미 고교 시절부터 시에 대한 열의로 충만했고 상당한 문재(文才)로 촉망받았던 이들도 있었다. 그들이 시의 기본 원리나 문법에 취약했다거나 무지했다고 볼 근거는 거의 없다.

이는 다음과 같은 그들의 주장을 통해서도 확인되는 바다.

> 글이 '있는 사실'을 꾸미려는 데서 타락하고 '진실'을 은폐하려는 데서부터 돌멩이를 받기 시작했다고 우리는 보고 있다. 그리하여 우리는 기존의 시에 대한 관념을 백지화하는 데 일치했고, 그러다 보니 우리의 말들은 우울하고, 이야기는 어두울 수밖에 없었다. 그러나 우린 이 시대에 그것들이 가장 정직하다고 확신하고 있으며,(…)[12]

글이 사실을 꾸며 타락하고 진실을 은폐해서 지탄("돌멩이") 받고 있다는 진술이 흥미롭다. 이 진술은 제도화 또는 권력집단이 된 한국의 기성 문단(프로페셔널)을 사실상 겨누고 있는 것이라고 할 수 있다.

따라서 타락한 문단을 넘어서야 한다. 그러기 위해서는 기존의 시에 대한 관념 자체를 아예 '백지화[zero-base]' 하는 작업이 필요하다.

결국 그들의 작품이 시의 전통적 관습이나 문법에서 한참 벗어나 있다 한들 크게 문제 되지 않는다. 그것은 흠이 아닐 뿐만 아니라 오히려 당당함의 근거이다.

즉 시가 아무리 우울하고 어둡다 해도 자신들의 시는 '사실'과 '진실'에 근거하고 있다. 따라서 타락하지 않았다는 것, 그래서 "가장 정직한 것"이라고 확신할 수 있다.

계몽주의적 어조 혹은 독백

설사 시적 관습이나 문법을 무너뜨리고 혹은 아예 포기하더라도 끝끝내 지켜내야 할 것은 바로 시의 진성성이다. 문제는 진정성에 대한 이러한 지향성이 과도했을 때이다.

그것이 시에서 시적화자(주체)의 막연한 도덕적 우월감에 기반을 둔 훈계(설교)조로 이어지곤 한다는 점이다. 예컨대 다음 시를 보도록 하자.

내 말 한번 들어보아라
불같은 용기 가지란 소리
먼저 해둔다. 너는
멀잖아 심한 좌절과 소외를 받게 될 것이다
부모님을 땅바닥까지 눌러온 힘이
이 땅 어디에든 내리붓고 있단다
피땀의 네 몫의 밥이
올바로 돌아오지 않을 때
비로소 넌 그런 힘을 느끼게 될 것이다
뒤 없고 못 배운 너 혼자선 견뎌 내기 힘들 일
피 같은 친구 사귀란 소리 해둔다
내 말이 지금은 믿겨지지 않겠지만
서울로 일떠나는 아우야,
부디 이 말 잊지 말고 간직해 두었다가

쇠를 두드리다가 불꽃을 쏘아 대다가
술을 마시다가
문득문득 느껴지는 대목 있거든
하나 놀라지 말고 눈감아 버리지 말고
늘 뜻을 굳게 하며
길을 물어 수유리라도 찾아가 보거라
아무렇게 막 살아도 되는
인생도 세상도
아니란 것을 알게 될 것이다

– 성명진, 「아우를 보내며」 중에서[13]

형이 아우에게 무언가를 당부하는 서간문 형식으로 되어 있는 시다. 평소 아우는 데모하는 대학생 형을 공산당이니 매국이니 하며 못마땅해 한다. 그러나 이제 아우는 노동자가 되어 서울로 떠나려는 참이다. 그런 아우를 앞에 두고 훈계를 하고 있는 것이다.

사실상 훈계의 구체적인 내용은 중요하지 않다. 위 시의 에토스는 간단하다. 곧 "내 말이 지금은 믿겨지지 않겠지만" 사실이고 진리다. 그러니 내 말을 들어라! 너는 아직 무지하고 몽매해서 현실을 모르지만, 형인 나는 이미다 알고 있다.

물론 이 작품은 바야흐로 노동현장으로 뛰어들 아우를 염려하는 형의 근심과 애정의 발로로 보아도 상관없다. 그러나 지적 우위와 도덕적 우월감이 교묘하게 결합된 계몽주의적 어조가 오히려 시적 감흥을 방해하고 있다는 점에서 아쉽다.

진정성이란 기본적으로 "좋은 삶과 올바른 삶을 규정하는 가치의 체계이자 도덕적 이상으로서, 자신의 참된 자아를 실현하는 것을 가장 큰 삶의 미덕으로 삼는 태도"[14]이다. 그러나 이러한 태도가 지나치면 이른바 유아론(唯我論)으로 전이될 소지가 다분하다.

물론 이때의 유아론이란 세상에 오직 나(자아)만 존재한다는 식의 철학 상의 관념이 아니다. 오히려 "나에게 타당한 것이 다른 모든 사람들에게도 타당하다는 사고방식"[15]이다.

진정성에 대한 욕구가 기성의 시적 관념에 대한 저항(백지화)의 내재적 동력일 수 있다는 것은 수긍해야 한다. 그러나 타자(위의 시에서 노동현장으로 떠나는 동생)의 단독성(singularity)을 도덕적 우월감으로 해소해버릴 위험성(폭력성)도 없지 않다는 점은 주의를 요한다.

일일이 열거할 수는 없다. 비나리패의 시들 중에는 유아론적 독백이라는 혐의로부터 자유롭지 못한 작품들도 꽤 있는 게 사실이다.

신들마저 침묵하는 세월

「아아, 광주여! 우리나라의 십자가여!」의 시인 김준태는 87년 대구의 한 강연회 자리에서 다음과 같이 말한다.

> 어느 때부터인지, 아니 정확히 말해서, 우리에겐 5월이 주는 이미지가 80년 그날부터 변해버렸습니다. 신록이 우거지고 산천의 곳곳에 싱그러운 꽃이 피어나는 그 5월이 이미 우리 곁을 떠나버렸습니다. 도회지를 벗어나면 맑은 바람결이 넘실대던 5월, 멀리서 종달새가 보일 듯이 안 보일 듯이 나래 치며 삐쫑삐쫑 노래하던 5월, 보리밭 가장자리에서 어머니나 할머니가 우리를 부르던 5월, 대학가의 마로니에 파르랗게 나풀대던 잎새들의 5월, 그 5월은 이미 우리 곁을 멀리 떠나버렸습니다.[16]

5월은 계절의 여왕이다. 사람들은 5월하면 으레 싱그러운 이미지들과 낭만적인 풍경들을 떠올리곤 했다. 그러나 80년 광주의 비극 이후 5월은 더 이상 그런 생기발랄한 것과는 관계가 없는 잔인한 것이 돼버리고 말았다.

그런 탓에 김준태는 한국의 대표적인 서정시로 애송되던 영랑의 「모란이 피기까지」조차 전혀 다르게 읽힌다고 호소한다. 즉 "오월 어느 날 그 하루 무덥던 날/떨어져 누운 꽃잎마저 시들어버리고는/천지에 모란은 자취도 없어지고/뻗쳐오르던 내 보람 서운케 무너졌느니"하는 대목에서 "섬찟함, 무서움증, 잔인함, 처절함의 극치"[17]를 보는 것이다.

형은 일자 소식도 없고
소름 돋친 봄날의 소문은 참새골을 넘어와
어머니는 밤마다 뒤뜰 고목 곁에서
대숲에 이는 바람소리로 손을 모았다

(…)

그해 봄

우리들은 죽음처럼 긴 잠이 들고

아무도 노래하지 못했다

– 김경윤, 「그해 봄」 중에서[18]

위 시의 제목인 '그해 봄'은 물론 광주의 80년 5월이다. 광주나 혹은 5월이라는 단어를 입 밖에 내는 것조차 가슴을 졸여야 했던 엄혹한 시절의 작품임을 알 수 있다. 그날 이후 소식도 없이 사라진 자식이 살아서 돌아오기만을 간절히 바라는 모성이 애처롭다.

정작 시의 핵심 메시지는 "우리들은 죽음처럼 긴 잠이 들고/아무도 노래하지 못했다"는 마지막 진술에 집약돼 있다. 그날 무기력한 채로 침묵했던 자들의 모습 그리고 그날 이후 자식을 애타게 기다리는 어머니의 마음이 오버랩된다. 독자들에게 죄책감을 환기시키는 효과를 낳는다.

이어 그날의 현장에서 침묵했거나 아무것도 하지 않았던 모든 자들에 대한 원망의 감정으로 표출되곤 한다. 예컨대 다음과 같은 시다.

하늘님도 당굴님도

노령산맥 차령산맥 산신령님도

동해 남해 서쪽 황해 용왕님들도

집집마다 성주님 가람마다 하백신

이 땅의 신들이 수면하는 세월

깨어난 젊음이 지팡이를 들고

벼락 치는 절벽에서 세상을 울리다만

바람이 세차서 날이 어둡네

도시로 떠나간 자식은

끝끝내 바람난 고향을 내버려 두고

그리운 도시에서 뜬 눈으로 묻히고

문서에도 없는 죽음만이 고향을 찾는데

아들의 목 없는 주검이

딸년의 난도질 난 쌍그런 주검이

고향을 멀리 두고 암매장이 되는데

(…)

홀로 누워 죽음을 보고만 있는

우리는 모두 무엇이냐

— 이형권, 「어둠 속에서 쓴 시」 중에서[19]

위는 이형권이 고교 3학년 재학 시절 광주 5월을 겪고

난 후 창작한 작품의 일부다. 사악한 권력 앞에서 천지간의 모든 신들조차 침묵("수면")한다. 비겁한 시절이다. 그때 "깨어난 젊음이 지팡이를 들고" 권력에 맞섰다. 바로 광주의 5월이다.

그러나 그 저항은 참극으로 끝났다. 무참한 학살과 숱한 주검을 목격해야 했다. 이 시는 그러한 비극을 외면했던 자들에게 그 책임을 묻고 있는 것이다. 곧 "죽음을 보고만 있는 너희는 무엇이냐?" 이 물음 앞에서 우리는 모두 성서의 인물 카인일 수밖에 없다.

서정시가 불가능한 시대의 시

독일의 시인이자 극작가인 브레히트(B. Brecht)는 아우슈비츠 이후 서정시는 불가능하다고 했다. 마찬가지로 광주의 핏빛 절규로부터 출발한 80년대는 서정시라는 양식 자체가 심각하게 의문에 붙여졌던 시대다.

> 1980년 5월의 그 처참한 정치적 상황을 체험한 시인들은, 과연 그들이 앞으로 시를 계속 쓸 수 있을 것

인가에 대하여 심각하게 고민했던 적이 있었을 것이다. 시를 쓰려는 욕망이 그런 처참한 현실로부터 얼마나 먼 거리에 떨어져 있는가, 혹은 시의 간접적 쓰임새란 그런 현실에 대한 다급한 책임으로부터 얼마나 비켜나 있는가에 대한 착잡한 물음과 더불어 그런 고뇌는 진행되었을 것이다. 과연 파렴치한 현실과 서정시의 심미적 속성은 얼마나 배리의 관계를 이루고 있는가.[20]

이를테면 처참하고 파렴치한 현실을 앞에 두고 자아와 세계의 동일성(혹은 일치)을 추구하는 서정시가 과연 가당키나 한 것인가. 또는 학살과 죽음으로 얼룩진 폭력적인 세계에 안주해서(혹은 빌붙어서) 시 나부랭이를 쓰고 서정을 노래한다는 게 도대체 무슨 의미가 있겠는가. 이것이 당시 시인들을 괴롭혔던 절체절명의 물음들이었다.

내가 부르는 노래가
엄마야 누나야 강변살자
살구꽃 피는 고향산골처럼
아름다운 노래라면 좋겠네

처음엔 몰랐다네
내가 부르고 싶은 노래가 아닌
노래를 불러야 하는 이유를
몰라, 울음 울었다네
(…)
어머니 잃어버린 노래 찾아
슬픔이라네 절규라네
어머니 손목에 묶인 올가미 풀어
아픔이라네 분노라네
오네 쑥이 들쑥 푸릇해지듯
우리가 부르고 싶은
노래를 부를 수 있는 날이
살구꽃 붉게 고향마을 물들일 날이

— 민문희, 「내가 부르고 싶은 이름으로」 중에서[21]

위 시의 화자는 자연의 아름다움과 고향의 서정을 노래하고 싶다. 그러나 세상에는 분노하고 절규해야 하며 때로는 슬퍼해야 할 아픔들이 많다. 따라서 부르고 싶은 노래를 맘껏 부를 수 있는 날이 오기 전까지는 서정성은 당분간 유보다.

아무튼 80년대는 서정을 노래할 수 있는 시대가 아니었다. 대부분의 작가들은 "아무 일도 못했다는 사실, 비겁하게 살아남았다는 죄책감과 부끄러움, 자기혐오감"[22]에 시달렸다. 살아남았다는 사실 그 자체가 죄이고 부끄러움인 상황이다. 그런 그들에게 서정성이란 필시 허무맹랑한 것이거나 거짓에 불과했을지도 모른다.

심지어 서정시는 "왜소화된 감수성과 주관적 개인주의적 세계를 지향"[23]하는 소시민적 양식으로 치부되기도 했다. 어쨌든 폭력적인 거대한 현실을 그리고 급박한 정세의 흐름을 맞받아쳐야 한다. 그러나 서정시의 양식은 아무래도 왜소하고 연약한 것으로 보인다.

서사적 공간의 확보

서정시의 왜소함을 극복할 방법은 하나다. 그것은 바로 육박해 오는 변화무쌍한 산문적(散文的) 현실을 운문(韻文)의 테두리 안에서 최대한 서사적 형태(장치)로 감싸 쥐는 일이다. 오월시동인이 아래와 같이 주장했던 것도 같은 맥락이다.

시가 사적인 자기주장으로 채워질 때 오히려 민중들로부터 외면당하게 되는 것은 그것이 기본적인 약속을 어긴 것이기 때문이다. 자신의 말이 모두의 말이 되고 모두의 말이 자신의 말로 되기 위해서는 문학의 사회에 대한 독특한 대응방식을 매개로 해야 한다.(…)

이제 우리는 문학 양식의 새로운 시도를 위하여 단시가 갖는 평면적인 서정성을 서사적 공간으로 심화, 확대하기 위한 장시에 대한 실험을 본격화하기로 했다.[24]

즉 서정시(단시)가 갖는 평면성을 서사적 공간 확보로 극복해 보겠다는 취지이다. 그것이 바로 장시(長詩)의 실험이다.

장시를 통해 개인적(시적 자아의) 체험과 민중적 체험의 상관성, 다른 말로 특수성과 보편성의 변증법("자신의 말이 모두의 말이 되고 모두의 말이 자신의 말로 되기")이 예술적으로 형상화 가능하다. 그랬을 때만이 민중들로부터 외면당하지 않는 시가 된다는 것이다.

아이고 이를 어쩔거나
전생에 무삼 죄로 이 지경이 웬 말이냐
농투산이로 태어난 지 석 달만에 기어나와
소가죽처럼 살태우며 주경야경으로 땅만 파도
나오는 건 돌자갈이요 나락 값은 똥값이라
장가 한 번 들라치면 사십 줄을 기다리고
운수 좋아 혼사하면 반편 새악시가 다반사라
요내 신세 처량하여 손톱 밑에 진흙 털고
서울이라고 올라와서 일이라고 구한 것이
닦고 조이고 기름쳐도 빈털터리 적수로다
돈 많고 빽 있고 자리 높은 년놈들이
투기바람 큰손바람 외채바람 불어제끼니
그놈의 회오리바람에 일자리도 박살나고
동짓날 찬바람에 이 집구석 기어들어
춥고 배고프고 이 갈리고 떨린 몸으로
방구석에 처박혀 석 달 열흘 지내다가
불현 듯 부는 바람에 이 지경이 되었으니
어느 놈을 부여잡고 이내 사정 한탄하며
어느 놈이 날 기다려 예가 어딘줄 일러나 줄까

– 윤동현, 「봄비나리」 중에서[25]

위의 시는 총 3연 160행에 달하는 꽤 긴 시이다. 이 시에는 서울의 한 가난한 노동자가 화자로 등장한다.

굶주림과 엄동설한에 시달리던 그는 어느 날 불현듯 불어오는 온풍의 발원지를 찾아 길을 나선다. 그리고 우여곡절 끝에 광주의 무등산 바위 자락에 이르러 '봄바람(민주, 평화, 자유, 통일)'을 맞이하게 된다는 가공의 이야기이다. 전통설화의 탐색담을 떠올리게 하는 구조이다.

특히 위의 인용 대목은 화자가 봄바람을 찾다가 예상치 못한 난관 앞에서 자신의 신세를 한탄하는 장면이다. 자신의 기구한 운명과 박복한 삶의 내력을 숨 가쁘게 주워섬기고 있다. 한편 자신의 처지를 그렇게 만든 부유층과 고위층("투기바람, 큰손바람, 외채바람")에 대한 비판과 풍자를 쏟아내기도 한다. 흡사 판소리의 사설을 닮았다.

위의 시는 다소 평면적인 것이 사실이다. 그러나 어쨌든 이 시에는 서사적 요소와 극적 요소가 공존한다.

필시 김지하의 「오적(五賊)」(1970)으로 대표되는 담시(譚詩) 형태의 영향으로 보인다. 잘 알려진 바와 같이 담시는 전통 민중예술인 판소리의 미학적 형식을 계승하여 서정적, 서사적, 극적 요소를 모두 아우르는 서사시 또는 장시를 일컫는다.

문학사적 성취의 여부와 관계없이 장시 실험은 80년대 리얼리즘 시문학의 주요한 흐름 중 하나이다. 비나리패의 시들 역시 대부분 길다. 뿐만 아니라 시에서 특정한 이야기들이 자주 등장한다. 서사성에 대한 강한 의욕을 읽을 수 있다.

그들은 주로 리얼리즘 계열의 시인들을 전범으로 삼았다. 이를테면 김지하, 신경림, 양성우, 김남주, 김명인 등이다. 이들은 시 창작에서 서사성이 두드러지는 시인들이다.

한편 카프(KAPF)의 임화나 북한의 백석 그리고 이용악의 시를 복사본이나 필사본으로 만들어 회원들끼리 비밀리에 돌려가며 공부했다고 한다. 잘 아는 바와 같이 임화, 백석, 이용악 등의 작품은 87년 6월항쟁 이후가 돼서야 비로소 해금된다.

80년대 시의 장시(서사)화 흐름과 맞물려 비나리패의 시들에서 두드러지는 경향이 하나 있다. 바로 연작시(連作詩)가 꽤 많다는 점이다. 일반적으로 특정 주제 아래 내용상 관련 있는 여러 개의 시를 써서 하나로 묶은 것을 두고 연작시라고 한다.

시의 일반적 형태인 단작(單作) 형식은 "텍스트 내 기표와 기의의 결속 관계를 통해 텍스트의 의미를 생산"한다. 반면 연작 형식은 텍스트 내적 결속 관계를 넘어서 "텍스트와 텍스트의 상호관계, 상호텍스트성에 의해 의미를 생산"한다. 특히 연작형식은 "변화하는 세계상을 담을 수 있는 그릇에 대한 요청"[26]에서 비롯된 것이다.

사실상 고정된 주체나 객관세계란 있을 수 없다. 주체와 세계는 늘 운동(과정) 중에 있기 때문에 수시로 변한다. 단작시의 형식으로 주체나 세계의 변화양상 및 운동성을 온전히 포착하기란 쉽지 않다. 이때 여러 시들의 상호 연관성 안에서 의미를 생산하는 연작시의 형식이 필요하다.

삶을 그대로 투영한다는 것

비나리패의 몇몇 연작시들을 살펴보도록 하자. 우선 자신의 주관적인 관념이나 개인적인 심경의 변화를 특별한 여과장치 없이 그대로 드러낸 작품들이 있다.

이들은 자전적 혹은 고백적 글쓰기가 연상되는 작품들

이다. 그런 만큼 이 계열의 작품은 내성적(內省的) 성향이 강하다.

하루는 길었다 밤새
철야농성을 하고 비상 총회를
하고 떨어져 눕고 깨어나
분별없는 술잔을 비우고 돌아온
하루는 격한 벼랑의 밤에
우리가 이토록 차가운 방에서 부르는
그리운 노래로
더 이상의 희망도 슬픔도
모두 떨군 말없는 눈빛으로 밖에.
떠나가는 그리웠던 승리의 밤
여기저기 흩어진 활자들을
베개로 누운 벗들의 꿈에서
몇 권을 꺼내어
스쳐 지내왔던 스물두 해의
굶주림과 분노를 닦으며
그리 독하지 않은 하이얀
담배연기 피어나는 삼십 촉

불빛 아래서 세우는
가서는 돌아오지 않을
뜬밤의 하루는 길었다.

– 윤정현, 「광주일기 1」 전문[27]

위의 시는 윤정현의 「광주일기」 연작 중 하나이다. "스쳐 지내왔던 스물두 해"라는 진술에서 이 시가 자전적 내용과 연관되어 있음을 확인할 수 있다. 위의 시는 긴박한 일(철야농성과 비상총회)을 마치고 차가운 골방으로 돌아온 화자가 마주하게 되는 어떤 상념들을 기록하고 있는 듯하다.

그리움, 슬픔, 희망 같은 여러 감정 어휘들이 문면에 드러난다. 한데 정작 그러한 감정을 불러일으키는 구체적인 사건이나 요소를 위의 시에서 유추하기 어렵다. 물론 지금은 부재하는, 즉 잡혀갔거나 어딘가로 떠났기 때문에 눈앞에 없는 벗에 대한 상실감이나 그리움 같은 것이라고 막연하게나마 짐작해볼 수 있다.

화자의 진술처럼 굶주림과 분노로 채워졌을 스물두 해의 삶이 위의 시를 쓰게 된 내적 동기이지 싶다. 그러나 그러한 고된 삶이 특별한 실감으로 다가오지 않는다.

시 후반부의 하얀 담배연기가 피어오르는 삼십 촉 불빛이라는 시각적 이미지(정황) 역시 화자의 고뇌를 구체적으로 설명해주지 못한다. 이 시는 작가와 독자를 정서적 끈으로 결속(소통)시켜주는 '객관적 상관물(objective correlative)' 같은 게 특별히 없는 탓이다.

연작의 제목에서도 알 수 있듯 이 시는 그날그날 생긴 일이나 감상 등을 자유롭게 적는 일기의 형식을 따른다. 그런 탓이겠지만, 연작의 각 시편들이 상호 유기적으로 연결되어 있는 것 같지 않다.

「광주일기 2」는 투쟁현장에서 누구보다 열정적이었던 동지("혜단이 누이")에 대한 그리움과 근심을 담고 있다. 「광주일기 3」은 자신의 가난과 병든 몸에 대한 회한을 산문시의 형태로 표현하고 있다. 한편 「광주일기 4」의 경우 배반과 변절의 시절에도 아랑곳하지 않는 동지에 대한 우의와 찬사를 보내는 서간문의 형식으로 된 시다.

즉 연작시라고는 하지만 내용적으로나 형식적으로 각 시들 사이에 뚜렷한 연관은 보이지 않는다. 게다가 제목이 왜 하필 「광주일기」여야 하는지 가늠할 수 없다.

물론 강진 출신인 윤정현에게 광주가 타지라는 점을 감안해서 제목에 대한 이런저런 해석이 가능할 법하다.

그러나 어쨌든 확실한 것은 아니다. 여기서 흥미로운 것은 「광주일기 3」에 대한 비나리패 회원들의 평가이다.

> 「광주일기 3」은 산문부분에서 호흡이 너무 길고 나열식의 문장이 지루한 느낌을 주었다는 평이었으나 정현의 **삶을 그대로 투영한 것** 같고 특히 마지막 연 "창백한 나의 뱃거죽은 언제고 어디서든 어린 날 떼어내던 숯투성이 부엌의 밀죽처럼 달라붙기 마련인 것을"은 패배적인 감상주의 느낌도 있었으나 오랫동안 우리들 가슴에도 어린 날 배고픔의 기억은 남아 있어 언제고 밀죽처럼 달라붙는 끈끈한 감동을 주는 여운이었다.(강조-인용자)[28]

「광주일기 3」은 나열식의 지루한 문장이 흠이다. 또한 패배적 감상주의의 낌새도 농후하다. 그러나 이 시는 "끈끈한 감동"을 주는 무엇인가가 있다. 그것은 바로 시에 자신의 "삶을 그대로 투영"하고 있기 때문이다.

물론 이러한 평가는 비나리패의 진정성에 대한 욕구에서 비롯된 것이다. 허위나 가식 없이 자기의 삶을 '직접적으로' 고백하는 행위야말로 예술적 규범보다 바람직한 것이라는 관념이 작용하는 셈이다. 이로부터 자신의 삶을 진솔하게 드러내는 것이라면 시적 형식의 결함쯤은 얼마간 용인될 수 있다.

나르시시즘의 유혹

고백과 같은 내밀한 형식을 통해 진실한(혹은 순수한) 자아를 드러낸다는 발상은 정확히 근대적인 것이다. '고백하는' 자기를 텍스트 속에 '고백된' 자기와 등치시키는 관념이야말로 허구이다.

푸코(M. Foucault)식으로 말하자면, 원래부터 고백하는 행위 이전의 순수한 주체(자아)란 존재하지 않는다. 오히려 고백하는 행위(제도)에 의해서 비로소 주체가 구성되기 때문이다. 이 인과관계가 망각되었을 때, 곧 결과를 원인으로 착각하는 전도가 완성되었을 때만이 고백하는 자기와 고백된 자기가 등치될 수 있다.

물론 근대적 고백의 형식이 갖는 허구성과 문제점에 대한 논의를 여기서 길게 늘여놓을 필요는 없지 싶다. 다만 진실한 자아라는 이상으로부터 어떤 우월하고 예외적인 주체가 출현한다는 점을 눈여겨볼 필요가 있다.

> 말씽 많은 무슨무슨 단체의 간부보다도
> 책 많이 읽고 뛰어난 논리 쌓아
> 늘상 우리들의 우상이었지만
> 끝내 동지들을 배반하고 지금은
> 저 혼자 밥 먹고 살기 바쁜
> 그런 친구보다도
> 맡겨진 자신의 임무에 성실했고
> 간단한 투쟁의 원칙 준수했으며
> 무엇보다도 가슴으로 세상을 바라보는
> 너와 같은 그런 친구
> 오늘은 그런 친구들 그립구나 한중아
>
> – 윤정현 「광주일기 4」 중에서[29]

우선 위의 시는 외형상 동지에 대한 찬사다. 한때 우상이던 자들이 제 잇속을 챙기기 위해 동지들을 배반하는 일이 잦다. 반면 너(친구)는 비겁한 세태에 아랑곳하지 않고 임무에 성실하고 원칙을 준수한다.

게다가 머리가 아닌 가슴으로 세상을 보는 자다. 곧 너

비나리 제4시집
『붉은 언덕을 넘으며』

는 진정성을 지닌 보기 드문 자다. 당연히 그런 너에게 찬사를 보내야 마땅하리라.

한데 그 찬사가 실은 나(화자)로 수렴되고 있는 듯하다. 어찌되었건 나는 스스로를 배반과 변절을 일삼는 자의 편이 아니라고 확신한다. 즉 나 자신을 부정적이고 추악한 영역으로부터 멀찍이 떨어져 있는 자 또는 예외적인 자로 여길 필요가 있다.

이 예외성(=우월성)의 관념이 아니라면 굳이 진정성 있는 너를 분별(발견)하고 찬사를 보내야 할 이유가 있을까. 또는 이렇게 말해야 할지도 모른다. 나의 예외성이 진정성을 구별할 수 있는 능력과 특권을 주었다.

이 점에서 위의 시는 너(친구)에 대한 찬사라고만 볼 수 없다. 오히려 나(화자)는 배반하는 자의 편에 있지 않다는 식의 도덕적 알리바이로 읽어야 옳다. 이 시는 나의 도덕적 우월함에 대한 강박의 산물처럼 보인다.

바야흐로 세계는 타락해 가고 있다. 따라서 그러한 세

계(악)와 명확한 선을 긋고 자신의 염결성 안으로 파고 들어가 신성한 가치를 보존하겠다는 식의 의지가 출현한다.

그 가치가 삶에 대한 진정성이건 혁명성이건 아무래도 상관없다. 가치보존의 의지 자체가 생각 이상으로 신학적이다. 이때의 나는 흡사 '자기(self)'라는 종교의 사제이다.

그 사제가 호명한 너는 결코 정당한 의미의 타자(the other)는 아니다. 오히려 나의 분신이자 거울이다. 이 거울을 통해 나는 나의 '나 됨', 곧 동일성만을 확인할 따름이다.

결국 "그런 친구들이 그립구나"라고 진술할 때조차 이것은 타자에 대한 동경이나 그리움 따위가 아니다. 전형적인 나르시시즘인 탓이다.

자아에서 세계로

나르시시즘적 자아는 외부의 대상을 온통 자기 안으로 수렴해버린다. 이 점에서 유아론적이고 독백적인 주체이다. 그런 만큼 주체의 경험세계는 협소하다. 객관세계와의 진정한 만남 혹은 마주침의 기회도 제한될 수밖에 없다.

비나리 제4시집에 표지에 실린 조선 후기 화가 윤용의 그림 「꼴 베러 가는 여인」. 책에는 당시 전남대학교에 재직하고 있던 한국 미술사학자 이태호 교수의 해설이 다음과 같이 실려 있다. "봄기운 가득한 들녘에 풀을 베러 나온 듯 여인은 낫을 쥐고 무엇인가 응시하는 자세로 등을 보이고 서 있다. 머리에 수건을 쓰고 소매를 걷어 붙이고 치맛자락을 허리에 말아 올리고 속바지를 무릎에 묶은 모습은 토속미가 그윽하다. 그리고 속바지 밖으로 드러난 종아리와 짚신을 신은 발, 낫을 쥔 손과 팔은 소략한 점묘에 엷은 담묵을 가해서 시골여인의 구릿빛 건강미를 한껏 풍겨준다. 특히 발밑 언덕의 간소한 붓질 외에는 배경을 완전히 생략하여 시골 아낙네의 성격을 뚜렷하게 부각시켰으며 등 돌린 여인 너머로 봄의 무한한 공간감이 느껴진다."

이는 자전적 또는 고백적 글쓰기가 미구에 맞닥뜨리게 될 불가피한 곤경이다. 다소 애석한 일이지만 비나리패의 시들 중에는 정도의 차이는 있을망정 나르시시즘의 유혹과 함정으로부터 자유롭지 못한 작품들이 꽤 눈에 들어온다.

핍박받는 민중과 그들의 삶을 형상화한다는 '선한' 의도는 나무랄 데 없다. 그러나 그 의도 자체가 나르시시즘을 미연에 차단해 주는 장치가 아니라는 점이 문제다. 반면 다음의 시는 그 결이 조금 달라 보인다.

너를 통해 보는 햇살은 아름답다
너를 통해 보는 모든 길
가슴이 붉어져 몸 달뜨고
기꺼움에 울며 가는 길
핏빛 연한 하늘 가득
깃을 치며
화살처럼 점령하는 그 빛 속에는
이름 없이 죽어간
수천 년의 목숨들이 반짝거린다
시절에 따라 떨어지는 아픔과

시절에 따라 다시 피는 아픔은

우리 저 햇살을 맞는 초야가 아니냐

너를 통해 보는 햇살은 아름답다

황토에 누워 보는 붉은 너는 더욱 아름답다

– 송광룡, 「진달래 10」 전문[30]

송광룡의 「진달래」 연작이다. 너 또는 너희로 불리는 진달래를 향한 연서(戀書)가 연상되는 작품이다.

진달래의 의미는 퍽 다의적이다. 따라서 그 내포적 의미를 명확하게 이것이다, 라고 말하기 곤란하다. 다만 시적 정황상 진달래는 광주의 5월을 상징하는 것으로 보아도 크게 무리는 없지 싶다.

우선 진달래는 화자의 무지와 무관심에 대한 성찰을 촉발하는 매개체이다(「진달래 1」). 동시에 희생의 숭고함(「진달래 2」)과 부활(재생)의 의지(「진달래 4」)를 일깨워주는 전령이다. 성찰과 각성의 과정을 거쳐 도달한 아름다운 세계가 바로 「진달래 10」이다.

물론 위의 시에서 보듯 세계의 아름다움은 목가적인 것과는 거리가 멀다. 화자는 너 혹은 너희(진달래)를 통해 역사 속 숱한 익명의 죽음들을 우선 마주해야 한다.

'핏빛' 진달래는 자연과 우주의 순환적 질서와 아픔을 응축한 존재다. 진달래의 죽음("시절에 따라 떨어지는 아픔")과 재생("시절에 따라 다시 피는 아픔")의 동시성이라는 역설 속에서 가까스로 발견되는 것이 바로 세계의 아름다움이다.

이때 진달래는 나(자기)로 언제든 되감아 회수할 수 있는 또 다른 나가 결코 아니다. 나를 세계로 밀어 넣는 강요이자 명령이다. 이 명령 앞에서 내성적인 나르시시즘적 주체가 개입할 여지는 희박하다.

앞서 연작시는 변화하는 세계상을 담을 수 있는 그릇에 대한 요청이라는 식으로 언급한 바 있다. 그러한 요청에 부합하는 작품들도 꽤 있다.

대표적으로 이종주의 「극락강」 연작, 윤동휜의 「허수아비」 연작, 송광룡의 「낯선 땅에서의 노래」 연작 등이다. 그리고 본격서사를 방불케 하는 이봉환의 장편연작시 「해창만 물바다」도 중요하게 거론해야 할 것이다.

살아남은 자들의 몫

우선 이종주의 「극락강」 연작을 살펴보자. 잘 아는 바와 같이 극락(極樂)은 불교 용어다. 즉 "더없이 안락해서 아무 걱정이 없는 경우와 처지 또는 그런 장소"이다.

극락은 보통 사람이 죽어서 가는 세계(천국)를 가리킨다. 그러나 이 작품에서 극락강은 그러한 사전적 의미와는 다르다. 비극성과 비장함이 서린 장소로서 호명되기 때문이다.

참고로 극락강은 정식 하천명은 아니다. 영산강과 황룡강의 분기점을 시작으로 해서 광주천과 영산강이 합류하는 지점 일대까지를 지칭하는 명칭이다.

아마도 이러한 지형적 조건의 시적 반영으로 보인다. 즉 작품에서 극락강은 삶과 죽음의 분리(분기)와 공존(합류)이 동시에 작동하는 역설의 장소이다.

오월 미친 피바람 몰아쳐
힘 좋은 사내들은 강물을 등지고
사내들 떠난 극락강
꽃잎, 피지 못한 꽃잎이 흐른다.

꽃넋, 지지 않은 꽃넋이 흐른다.

떠나는 자와 떠나보내는 자의
서러운 삶이 흐르는 강
남아 있는 자의 분노와
돌아오지 못한 자의 붉은 피가
그리하여 이제 사랑과 화해로
함께 어우러진 강.

— 이종주, 「극락강 1」 중에서[31]

"오월 미친 피바람"이라는 진술에서 바로 알 수 있다. 이 시는 80년 5월을 겨냥하고 있다. 그날 "사내들"은 강물을 등지고 떠나 돌아오지 않았다. 대신 그날 이후 극락강은 "피지 못한 꽃잎"(죽음)과 "지지 않은 꽃넋"(삶)이 공존하는 장소가 되었다.

이종주는 이 연작을 통해 5월 이후 떠나는 자(죽은 자)와 떠나보내는 자(산 자)의 운명이 비극적으로 얽혀 있는 "서러운 삶"의 내력을 포착하고 싶었던 것으로 보인다.

유난히 이마가 넓던 네 애비

그 빛나는 이마처럼 하얀 달 떠오르고

다시는 돌아오지 않을 밤

숨찬 승리의 새벽을 위하여 애비는 떠나고

떠나서는 영영 돌아오지 않고

네가 태어났지 만 다섯 살

모래바람 흩부는 강둔덕, 아장아장

토끼풀 시계풀 패랭이꽃 곱게 걷다

눈부신 모래벌판

너만의 성도 쌓고 아들아

결코 울지 않았지 고운 이마

맑고 커다란 눈 그해 오월

떠난 네 애비를 닮았지

(…)

보아라 한달음 달려나오는

극락강 도도히 푸른 물줄기

흰 물살 가르며 헤엄치는 수천

수만 네 애비의 빛나는 눈동자를

아들아 보아라.

— 이종주, 「극락강 4」 중에서[32]

「극락강」 연작의 시적 의도는 분명하다. 오월 이후 살아남은 자들의 삶과 분노 그리고 그들의 의지를 형상화하고자 한 것이다. 그러나 작품들이 다소 노골적이다 싶을 만큼 패턴화되어 있다는 점이 흠이다.

곧 시의 전반부에서는 죽은 자들의 내력이 펼쳐진다. 그날 이후 돌아오지 않는 아우(「극락강 2」), 주검조차 찾을 수 없는 지아비(「극락강 3」), 주검이 되어 강변으로 떠밀려 온 삼촌(「극락강 5」) 등의 이야기가 전개된다. 이어 후반부에서 어김없이 산 자들의 삶에 대한 혹은 투쟁에 대한 낙관적 의지를 환기하는 목소리로 끝맺는다.

위의 시도 마찬가지이다. 다만 지아비를 잃은 여인을 화자로 등장시키고 있다. 연작의 다른 작품들에 비해 정서적 호소력이 돋보인다. 그녀가 유복자인 아들에게 아비의 삶과 죽음의 내력을 전한다. 곧 "숨찬 승리의 새벽"에 도청에서 산화했지만 아비의 넋은 극락강과 더불어 여전히 살아 있음을 읊조리는 것이다.

특히 시의 후반부가 인상적이다. 아비의 넋("눈동자")을 푸른 물줄기 흰 물살을 가르며 헤엄치는 물고기 떼의 이미지로 등치시키고 있다. 즉 선언적 의지의 표출(이를테면 「극락강 5」에서 "할아버지 오월은 더 이상 절망이 아닙니다."[33]와 같은 진술)을 뛰어넘는 구체성과 생동감이 있다.

몰락해 가는 농촌공동체의 실상

비나리패의 시들에서 빈번하게 등장하는 소재가 있다. 유년의 고향마을 혹은 농촌공동체가 붕괴되고 쇠락해가는 풍경이다. 특히 이 점에서 윤동휜의 「허수아비의 노래」 연작은 주목에 값한다.

> 들꽃 산국 허우대 지천에 떨어져 문드러진
> 쭉정이 들판 논 귀퉁이에 박혀 외롭게 서서
> 주름살 도려내며 굵은 뼈마디로
> 찢어진 옷고름 바람에 내던지며
> 찬이슬에 쓰러진 들판을 지키는 것을
> 허수아비의 숨소리를 누가 들었을까
> 바람은 언덕을 덮치고 넘어 산 속으로 기어들고
> 참새떼 들새떼 주먹돌맹이
> 우수수 떨어지는 가을 나락밭

날이 새면 눈부신 해가 뜨면
멀리 빈 마을을 지켜보며
빈 마을 설운 이야기 눈물로 들으며
가을 햇살에 피를 말리는 것을
누가 보았을까

– 윤동현, 「허수아비의 노래 1」 중에서[34]

을씨년스러운 들녘에 홀로 서 있는 허수아비를 묘사하고 있다. 이 연작시에서 허수아비는 소설로 따지면 초점화자 역할을 한다. 한편 연작시의 유기성을 담보하는 거몰못 노릇을 위해 고안된 시적 장치로 보인다.

즉 "빈 마을의 설운 이야기를 눈물로" 듣는 허수아비의 시점으로 파괴되어가는 농촌마을의 갖가지 사연과 풍경을 형상화한다. 이를테면 옴니버스 식 구성이다. 그런 만큼 연작시의 각 편들을 하나의 독립적인 이야기(서사)로 보아도 무방하다.

연작에는 다양한 인물 군상이 등장한다. 예컨대 도망가버린 처 때문에 실의에 빠져 당산나무 그네 가지에 목을 매어 죽은 '돌머슴 순득'의 한 많은 사연을 소개한다(「허수아비의 노래 2」). 또는 갑오년(1894년) 생 농투산이 할아버지의 이야기를 통해 대대로 이어져오는 핍박받는 민중의 현실을 노래한다(「허수아비의 노래 7」).

한편 농협 직원의 숙달된 손놀림에 농민들이 기만당하는 농협 공판장의 실태를 보여준다(「허수아비의 노래 8」). 그리고 가을걷이를 끝내고 난 뒤 사랑방에 모여 자신들의 시름과 한을 토로하는 농민들의 음울한 풍경이 펼쳐지기도 한다(「허수아비의 노래 11」). 이를 통해 농촌의 아픈 실태를 고발하는 것이다.

> 창고에서 풍물을 꺼내 나누어 가진 우리는
> 잿몰영감의 쇠소리에 맞추어 매구를 치기 시작했다.
> 짚을 삼은 농립을 쓴 언년이는
> 마른 소나무 작대기 끝에 허수아비를 매달아
> 껑충껑충 꺼들거리며 마구잽이를 추고
> 꼬마아이들은 언년이 꽁무니를 따라다녔다.
> 동네 어른들이 일감을 나누어 집집이 돌며
> 돈과 쌈을 걷어 사물을 사고 고깔도 만들고
> 아주머니들은 술과 음식을 장만하여
> 당산할멈한테 제사도 올리면서 오랜만에 큰잔치를
> 벌였다.

진용이 아재는 막걸리 바케스를 들고 다니며
사람들한테 술잔을 돌리고
지지난 봄에 여운 딸이 이혼하였다는 평산양반도
술잔을 들이켜고 덩실덩실 춤을 추고
빗 짊어지고 밤봇짐 쌌다가 다시 돌아온
신천댁도 사람들 틈에 끼어 웃고 있고
밤새 읍내 주막집에서 술퍼마신 청대 같은 청년
들도
회관 지스락 밑에 나와 구경하였다.
진등 보리밭 땅도 풀려 보릿잎 힘을 찾는
음력 정월 보름 우리는
막걸리잔 나누며 어깨춤을 흥청거리며
지난 세월 쌓인 가슴속 응어리를 삭이면서
해가 지도록 온종일 매구를 쳤다.

— 윤동현, 「허수아비의 노래 13」 중에서[35]

위는 연작의 대단원에 해당하는 작품이다. 우선 금세 알아차릴 수 있듯이 이 시는 70년대의 대표적인 농민시로 꼽히는 신경림의 「농무」와 흡사하다.

농촌의 절망적이고 암울한 풍경과 이야기로 시종했던

연작들 중 유일하게 농민적 삶의 명랑성을 포착한 시이다. 음력 정월 대보름 남녀노소 할 것 없이 신명나게 춤을 추며 왁자지껄한 마을축제를 만끽하는 장면을 담고 있다. 삶의 기반을 빼앗기고 실의에 빠진 이들조차 이날만큼은 공동체적 활력과 어울림 속에서 시름을 잊는 장면이다.

군대체험과 80년대 청년의 망탈리테

한편 자신의 군대체험이 바탕이 되었을 연작시가 눈에 띈다. 송광룡의 「낯선 땅에서의 노래」 연작이다.

> 나사를 끼워 조립을 한다.
> 방아쇠를 후퇴시켜 당겨보고
> 문득, 탕! 소리에 경쾌함을 느끼려 하는
> 우리들의 묶인 귀를 보면
> 아아, 나는 사람인 우리들이
> 총보다 더 무서워지는구나
> 손에 쥐면 누구에게나
> 무기가 되는 이 도구

반듯하게 관물대 새에 세워두면서
언제 우리는 총다운 총을 잡아보랴
우리는 언제 일다운 일을
이 뜨거운 도구로 해내고 말랴.

– 송광룡, 「낯선 땅에서의 노래 8 –병기수입–」 중에서[36]

위의 시의 화자는 군인이다. 일과를 마치고 내무반에서 총기를 손질하면서 겪는 감정의 변화를 담고 있는 시처럼 보인다. 총을 분해하고 손질한 후에 다시 조립하는 일련의 과정이 그대로 시의 흐름이 되고 있다.

무서운 것은 총이 아니다. 총이라는 것도 따지고 보면 분해와 조립이 가능한 한낱 기계들의 뭉치일 뿐이다. 한데 사람이 그 기계뭉치를 드는 순간 그것은 무기로 돌변한다. 사실 이것이 두려운 것이다.

그러나 정작 이 시의 물음은 이것이다. 이 무기는 지금 누구를 겨냥하고 있는 것인가? 곧 잠재된 적은 누구인가? 그 답은 분명해 보인다. 북녘의 동포들 아니면 80년 5월의 경험을 반추해보거니와 제 나라의 시민들이다. 따라서 "언제 우리는 총다운 총을 잡아보랴"라는 진술은 두 가지 뜻이 있다.

우선 현재 손에 쥐고 있는 이 무기가 겨냥하는 대상은 올바르지 않다는 것이다. 한편 시에서 명시적으로 드러낼 수는 없었을 것이다. '총다운 총'이란 무엇인가? 다른 말로 이상적인 총이란 무엇인가? 바로 광주 5월 시민군의 총일 것이다. 곧 정의롭지 못한 권력에 대한 저항의 정신과 고귀한 희생의 가치가 그 총에는 분명 담겨 있다.

그러나 현재의 총과 이상으로서의 총 사이에는 어떻게 해도 좁혀지지 않는 간격이 있다. 그 괴리를 심각하게 자각한 탓이리라. 자신의 군복무란 "일다운 일"이 아니다. 그 일은 정의로운 것이 아니다. 고귀한 것은 더더욱 아니다.

따라서 위의 시에는 내재적으로 모멸감이나 낭패감 같은 자기비하의 감정이 서려 있다. 주어진 현실과 타협할 수 없는 내적 분열과 갈등상태에 놓여 있는 셈이다.

80년 5월, 군인이 총칼로 제 나라의 시민들을 도륙하고 학살했다. 극악무도하고 충격적인 살풍경을 목격해 버린 자들에게 군대는 공포와 증오의 대상이다.

한데 설사 군복 입은 자를 두려워하고 군대 자체를 증오한다고 한들 성인 남성이라면 피해갈 수 없는 게 있다. 바로 법이 정한 국방의 의무를 감당하는 일이다.

물론 기피할 수 있는 방법이 없지 않았다. 이를테면 극렬한 학생운동으로 감옥행을 선택하는(당시 말로는 '정리'하는) 이도 있었다. 심지어 아예 총을 쏠 수 없도록 오른손 검지를 스스로 절단해 병역면제 조치를 받는 이도 심심찮게 있었다.

그러나 그런 극단적인 방법을 누구나 썼던 것은 아니다. 그럴 수 있는 사람도 극히 드물었다. 자신의 삶을 스스로 훼손해서라도 신념과 사상을 지키겠다는 과감함이나 무모함을 전제하는 것이기 때문이다.

따라서 군에 입대한다는 것은 어떻게 해도 자발적인 것으로 생각되지 않는다. 불가피하게 끌려가는 것이다. 좌절감과 비애가 뒤따른다.

경우에 따라서는 신념이나 사상과 배치되는 선택을 한다는 자괴감이 엄습하기도 한다. 의사에 반해 증오해 마지 않던 불의의 세력 쪽에 가담한다는 죄의식까지 경험할지도 모른다.

면회 온 할머니를 뵙고 돌아올 때
"전우여! 무사 귀대를 환영한다"
위병소 앞 세워진 그 돌비석은

내 초라한 어깨를 더욱 움츠러들게 했었다.
스스로 사슬에 묶인 사람처럼
당당하지 못한 내 발걸음 속에서도
달빛은 고향처럼 밝게 이곳을 비추고
성산 B초소 위 경계병의 소총도
차갑게 빛나고 있었다.

– 송광룡, 「낯선 땅에서의 노래 14」 중에서[37]

어깨가 움츠러들고 발걸음이 당당하지 못하다. 이것은 화자가 자신을 비겁자로 여기는 자격지심 탓이다. 스스로를 신념과 사상을 배반한 자로 치부하는 것이다.

누구의 강제가 아니었다. 자신이 “스스로 사슬에 묶인 사람”이다. 억압과 복종을 자발적으로 선택한 꼴이다. 수치스럽고 부끄럽다. 그래서 화자는 주눅이 들어 있는 것이다.

이렇듯 자괴감에 젖어 있는 화자에게 ‘달빛’은 일종의 초자아(superego)이다. 도덕적 검열과 죄책감을 끊임없이 부추긴다.

그러나 위의 시를 단순히 자의식의 과잉 정도로 해석할 일은 아니다. 내적 분열과 죄책감이라는 실존적 번민을 개인의 몫으로만 돌릴 수는 없는 상황을 고려해야 하기 때문이다.

「낯선 땅에서의 노래 33」이라는 제목의 시가 있는 것으로 보아 이 연작은 최소 33편으로 된 시다. 그러나 당장 확인할 수 있는 작품은 「낯선 땅에서의 노래」 8, 14, 33 오직 3편뿐이다.

제4시집 이봉환의 장편연작시 「해창만 물바다」

이 연작은 군대체험과 연관된 80년대 청년들의 집단적 감수성 또는 망탈리테(men talités)를 들여다볼 수 있는 귀중한 자료가 될 수 있을지도 모른다. 그렇지만 그 전체적인 면모를 확인할 수 없음이 애석하다.

총체성에 대한 열망

아래는 이봉환의 '장편연작시'인 「해창만 물바다」의 창작 배경이다.

> 이 시는 전남 고흥군 포두면에 있는 해창만을 둘러싸고 일어나는 농민들의 삶, 즉 우리나라 농민들이 보편적으로 겪는 토지 문제, 간척지 침수피해 문제, 그리고 그곳에서 살아가는 **농민들의 고통에 찬 삶 또는 아기자기한 삶을 총체적으로 엮고자** 한 글이다.(강조-인용자)[38]

80년대 리얼리즘 문학을 관통했던 것은 총체성에 대한 열망이다. 「해창만 물바다」 역시 그러한 열망의 반영이다. 해창만을 공간적 배경으로 하고 그곳에서 벌어지는 농민들의 투쟁과 고난의 서사를 담아내고자 한 연작시이다. 이를테면 시의 형태로 된 해창만의 농민운동사인 셈이다.

이 시는 원래 총 3부 구성이다. 제1부는 1985년의 대홍수로 인한 간척지 침수 피해와 농민들의 보상요구 시위를 다룬다. 제2부는 1987년 침수피해 보상요구 투쟁을, 제3부는 누적된 투쟁의 경험을 통해 해창만 농민회가 결성되는 과정을 형상화한다.

그러나 제4시집인 『붉은 언덕을 넘으며』에는 제1부만 실려 있다. 제1부는 85년의 침수피해 보상요구 시위가 당국의 안일하고 기만적인 처사에 맞선 해창만 농민들의 최초 항거라는 사실에 주로 착안한다.

따라서 제1부에서 그려지고 있는 농민 군상은 각성하고 조직된 그것과는 다소 거리가 있다.

메아리도 부딪는 산이 있어야
되돌아오지라 해지두룩
목만 쇠하고 애만 탈 뿐
뭔 판결이 나겄소 근디
장마철에 물꼬막아 방천나고
얼음짱에 낙상한 놈 똥차에 받친 격으로
순사놈들 능글능글헌 수작 좀 보소요
일이 잘 해결돼야 안쓰겄냐고 험서
쐬주를 어디서 갔다주요안
그것이 탈이었어 술을 묵응께
이말 저말이 엇갈리고, 술김에
쌈이 붙은 거여
말하자면 내부분열인디
놈들이 그걸 노린 것이겄구마

– 이봉환, 「해창만 물바다 – 제1부 :1985년 여름」 중에서[39]

영 상 시

붉은 언덕의 노래

애비들의 핏자국이 송진처럼 묻어나는
너, 붉은 언덕이여
저 산등성이 넘어가면
아직도 비명소리 댓잎처럼 서걱이고
해방조국 그날까지 지워지지 않는 발자국이여
쪽바리도 넘나들고
양키놈도 넘나들었지만
온전히 조선것들만 길러온
너, 어머니의 뱃가죽이여

비나리 제4시집에 실린 영상시라는 표제 아래 「붉은 언덕의 노래」라는 시가 실려 있다. 1896년 갑오농민전쟁 당시의 사진을 시와 함께 배치하고 있다. 사진과 문학예술 간의 장르교섭을 의도한 것으로 풀이된다.

성난 기세에 눌린 전경들의 호위를 받으며 농민들이 군청에 진입한 것까지는 좋았다. 농성은 계속되나 군수는 이미 도망간 상태다. "목만 쇠하고 애만 탈 뿐", 지루한 농성이 이어지던 차다. 하필 경찰이 사다 건네준 술을 받아 마신 게 화근이다.

"이말 저말이 엇갈리"더니 결국 자기들끼리 싸움이 붙고 만다. 시위 군중의 내분을 노린 "능글능글"한 경찰의 수작에 농민들이 여지없이 걸려든 꼴이다. 이렇게 별 소득 없이 시위는 끝나버린다. 한편 다음 대목은 어처구니없다 못해 애처로운 장면이다.

> 한 보름이 지나 물이 빠지는디
> 거반은 죽은 모여
> 테레비나 라디오선 전국의 모를
> 호남지방으로 실어온다 야단이지만
> 강물에 돌던지고
> 바다에 오줌 싸는 격
> 공부허는 학생들 동원해서
> 논두렁이나 냇가에 버린 모를
> 줏어 보낸 모양인디
> 반나마 누렇게 죽은 거고
> 뉘 입 풀칠도 안 돼
> 우리 동네는 댓 트럭이 왔는디
> 몇 포기씩 나눔 뭐 할 건가
> 그래서 꾀를 하나 냈제
> 동사무실 마당에 모를 놓고
> 열 발짝씩 떨어져 있다가

이장이 '요이똥'하면 요령껏
맘대로 가지라 했드니 글씨
삽이 날고 멱살을 잡고 쌈이 나
니 꺼냐 내 꺼다 야단난리났어
모 몇 포기 땜시 선한 이웃끼리
쌈질이 당찮은 말인가마는
농사철에 빈 논 묵화 논 농민 심정
오죽하면 그랬을라고

— 이봉환, 「해창만 물바다 – 제1부 :1985년 여름」 중에서[40]

침수 3일이면 벼는 생육한계에 다다른다. 한데 그 벼가 보름 가까이 물에 잠겨 있었다. 이미 말 다한 셈이다. 건질 게 거의 없다. 구호 명목으로 전국에서 보내온 알량한 벼마저도 "반나마 누렇게 죽은 거"다. 게다가 농민들이 서로 나누어 가질 양도 못 된다.

결국 요령껏 가져갈 사람 가져가라, 식으로 내놓은 꾀가 이웃 간 드잡이로 비화된다. 재난에 그리고 군청 당국의 농간에 악이 바치고 독이 오른 농민들끼리 서로를 물고 뜯는다. 웃지 못할 촌극이 벌어지는 것이다. 이는 분명 공동체의 위기다.

이러한 농민들이 자신들의 힘을 자각하고 자치조직인 농민회를 결성하는 우여곡절을 몇 편의 연작시로 포착하기는 어려웠을 게 분명하다. 긴 호흡의 형상화가 필요하다. 따라서 장편소설을 방불케 하는 장편연작시의 형태가 고안되어야 했다.

이 연작시에는 소설의 서술자(narrator)에 해당하는 인물들도 등장한다(제1부의 경우 '대헌'의 부). 물론 이 작품 또한 시이기 때문에 소설에서 서사적 육체를 구성하는 치밀한 묘사 같은 것은 없다.

위의 인용에서 확인할 수 있다시피 남도 지역어의 걸쭉한 입말체나 골계적인 대화체가 사건이나 인물의 심리 묘사를 대신한다. 사실상 이 연작시의 서사성을 추동하는 힘 그리고 가독성은 남도 지역어가 갖고 있는 특유의 리듬과 가락에 빚지고 있다 해도 과히 틀린 말은 아니다.

중앙과 지역

비나리패의 공동창작시 「들불야학」은 야학이 배출한 투사들, 곧 윤상원, 박용준, 박관현 등 '들불열사'들의 삶과

5월의 투쟁을 다룬 서사적 장시이다.

해가 바뀌고 망월동 산허리에서는
젊은 두 넋을 기려 결혼식을 가졌으니
한차례 무녀의 걸진 굿판이 벌어지고
둘러선 그날의 벗들 형제들은
차마 지켜볼 수 없어
흰 구름 떠가는 무등산을 치어 보았다
더 이상의 말로 더 이상의 슬픔도
한갓된 겉치레일 뿐
산허리를 베어 공군기지를 만드는
그날의 무등산 그 곁 망월동
도청에서 산화한 상원이 형께
그날 밤 하고픈 말 다 이르지 못하고
새벽꿈 연타가스를 마시고 산화한
기순이 누나는 우리들의 누나는
목곽인형에 남색 관복을 두른
상원이 형께 재배를 한다
오늘밤 돌아가야 할 누나의 방
지나온 우리들 서러운 시절 모두는

눈물바다를 이루고
식이 끝나 기순이 누나가 해 온
비단 이불을 태웠다
살아 못다 피운 불기둥이
멀리 무등산 상상봉 쪽으로
날으는 몇 점 가루되어 올랐다

– 공동창작시 「들불야학」 중에서[41]

위의 시는 최후의 날 도청에서 산화한 윤상원과 노동운동가 박기순의 영혼결혼식 장면이다. 광주 5월을 대표하는 노래 「임을 위한 행진곡」이 이들의 결혼식을 위해 만들어졌다는 이야기는 이제 상식이다.

80년대의 문학적 실천을 이해하기 위해서 빠뜨릴 수 없는 대목이 있다. 바로 공동(집단)창작 문학에 대한 실험이다. 공동창작 논의가 본격화된 것은 87년 6월항쟁 이후다.

비약적으로 발전한 민중운동이 계기가 됐다. 기존의 지식인(또는 소수 엘리트) 중심의 문학운동이 다른 "부문운동 혹은 전체 변혁 운동의 속도감에 뒤처지고 있다"[42]는 자각이 싹텄다. 그리고 지식인 중심으로 생산된 문학작품이 실제로 대중(특히 기층민중)으로부터 유리돼 있다는

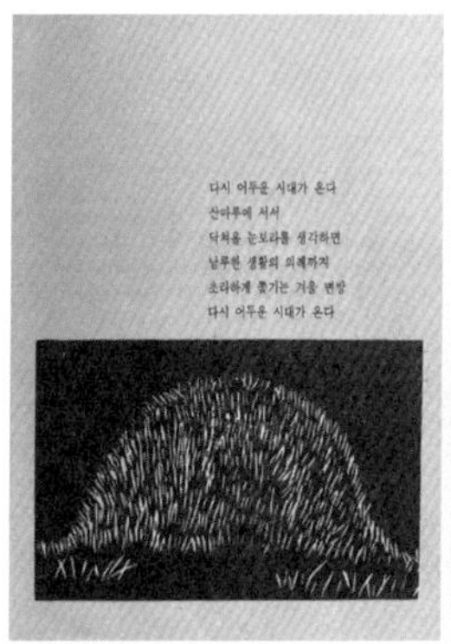

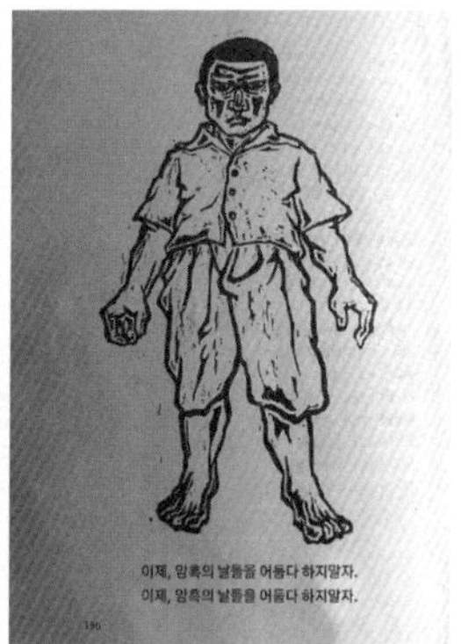

비나리 제4시집에 실린 판화 작품들이다. 당시 오월시동인의 판화시집을 염두에 둔 것으로 보인다.

위기의식도 한몫했다. 공동창작론이 대두된 배경이다.

어쨌든 80년대 후반에 이르러서야 공동창작 논의가 비로소 시작됐다. 이 점에서 비나리패의 활동은 퍽 고무적이다. 그들은 이미 85년부터 일련의 공동창작시들을 실제로 선보였기 때문이다. 「무등산 비나리」(1985)와 「들불야학」(1985)을 필두로 「수몰민의 노래」(1987), 「비나리 1987」(1988), 「통일비나리」(1989), 「조국이여 조국이여」(1989)까지 총 6편의 작품을 창작한다.

「무등산 비나리」와 「들불야학」은 광주 5월항쟁을 다루고 있다. 한편 「수몰민의 노래」는 화순 동복댐 수몰 지구 농민들의 삶을 형상화한다. 그리고 「비나리 1987」은 87년 6월항쟁을, 「통일비나리」와 「조국이여 조국이여」는 80년 후반에 붐을 일으켰던 통일운동을 담고 있다. 사실상 학생문예운동 집단에서 만들어낸 결코 작지 않은 성과임에 틀림없다.

그러나 유감스럽게도 80년대 문학에 대한 평가에서 비나리패의 선도성(실험성)을 언급한 것은 찾아보기 힘들다. 아마도 거기에는 여러 이유가 있을 것이다.

우선 비나피래 회원들은 당시까지만 해도 정식으로 문단에 등단하지 않은 아마추어들이다. 그러나 비나리패 몇몇 회원들의 회고에 따르면 당시 문단 등단 제도 자체에 대해서 매우 회의적이고 비판적이었다는 점을 알 수 있다.

그들은 기존 시의 관념을 백지화하겠다는 결의도 이미 다진 바다. 여하간 제도화된 문단 권력이 이들의 활동을 온전히 포착했을 가능성은 거의 희박하다.

한편 이것은 중앙과 지역(지방)의 불평등 그리고 위계구조의 결과로도 보인다. 당시의 민중문화(문예)운동조차 고질적인 '서울중심주의'로부터 결코 자유로울 수 없었다고 해야 할 것이다. 이러한 사실은 「들불야학」이 오월시동인에 의해 문단에 소개된 계기를 파악하면 확실해진다.

85년 무렵, 오월시동인은 이른바 문예운동의 방향 전환을 꾀하게 된다. 그 방향 전환의 핵심이 바로 '지역문화론'이다.

> '5월시'는 이제 지역문화 매체로 되돌려져 민중에너지가 분출되어 나오는 통로의 역할을 하여야 한다. 이러한 변화는 동인지 체제에서 좀 더 개방적인 체제로 이행을 요구하고 있다. (…) 그 첫 시도로 우리는 광주지역에서 활동하고 있는 후배들의 공동창작시와 그에 대한 산문을 싣는다.[43]

위는 오월시동인지 『5월』의 「책머리에」 부분의 일절이다. 마지막 문장의 "광주지역에서 활동하고 있는 후배들의 공동창작시"는 비나리패의 「들불야학」을 가리킨다.

오월시동인의 애초 임무는 정권의 언론검열을 뚫고 광주 5월의 진실을 '중앙(서울)'에 알리는 일이었다. 이는 오월시동인의 존립 기반이기도 했다. 한데 그런 그들의 동인지가 이제는 지역문화 매체로서 그 역할을 다해야 한다고 주장하는 것이다.

전두환 정권의 유화국면과 맞물리면서 민중운동조직이 조심스럽게 활기를 찾기 시작한다. 특히 5월을 "광주의 특수한 문제로 호도하려는 상황"도 다소 완화되기에 이른다. 이러한 정세 속에서 오월시동인은 운동의 벡터를 중앙에서 지역으로 조정하고자 한다.

비나리 제5시집『밑불』

한편 그들은 신식민주의적 지배와 종속의 세계 질서가 한국에서는 중앙과 지역의 관계로 내면화(=번역)된다고 설명한다. 이어 극복과 대항의 논리로서 지역문화론을 주장한다.

그 골자는 지역문화가 곧 "세계의 중심"이라는 것이다. 즉 "정보를 받아들이기만 하는 피동적인 위치에서 벗어나 스스로 가치 있는 정보를 창출"하고 "전파하는 능동적 위치"를 점유하는 것이 핵심이다.[44] 궁극적으로 중앙과 지역의 위계를 깨뜨림으로써 신식민주의 문화구조를 타파하는 것이 지역문화론의 전략이다.

지역문화론의 입장에서 폐쇄적인 동인지 체제는 좀 더 개방적인 체제로 변모할 필요가 있다. 그러한 체제 전환의 첫 시도로써 오월시동인이 자신들의 매체에 비나리패의 공동창작시를 실었다.

이는 그 자체로 의미심장하다. 아무튼 이를 계기로 비나리패의 공동창작 작품들 중 유일하게 「들불야학」만이 당시의 문학판에서 회자된다.

사실(진실)의 기록에 대한 욕구

한편 이 작품이 "광주항쟁의 핵심을 투시함으로써 5월의 총체적 형상화를 위한 통로"[45]를 만들었다는 호평이 있었다. 반면 매우 신랄한 혹평도 있다. 당시 문학평론가 위기철의 그것이다.

「들불야학」에 대한 유일한 본격적 평가라는 점에서 다소 길지만 위기철의 언급을 그대로 옮겨와 보겠다.

> (…) 「들불야학」의 경우 시의 대상이 되고 있는 사건의 충격적이고도 중요한 내용에도 불구하고 사건기

록 중심으로 된 평이한 구성으로 말미암아 이 시를 읽다보면 마치 신문기사를 읽는 듯한 딱딱한 느낌이 든다. 특히 노동의 피로로 말미암아 숨진 기순이 누나 이야기나 도청 사수를 하다가 숨진 윤상원 이야기, 옥중에서 단식 투쟁을 하다가 숨진 박관현 이야기 등등은 너무 단편적이고 서술적이어서 심지어는 사건을 대하는 시창작자들의 태도가 지나치리만큼 냉정한 것이 아닌가 하는 느낌마저 받게 된다.

이러한 문제는 대체로 두 가지 이유에서 비롯된 것이 아닌가 싶다. 즉 공동창작 과정에 있어서 짧은 시 속에 지나치게 많은 이야기를 담으려는 의욕 때문에 개개의 사건들이 단편적으로 밖에 드러날 수 없었고, 여러 사람의 의견을 수렴하다 보니 시적 감정이 극단적으로 배제되어 버린 결과를 가져온 것이다. 때문에 「들불야학」에 담긴 내용은 시 양식보다는 오히려 르뽀나 소설 양식으로 처리되는 것이 더 이상적이라는 생각이 든다. 굳이 시 양식을 택했다면 사건의 내용이 좀 더 집약적이 되는 편이 낫지 않을까 하는 느낌이 든다.

창작과정이 아닌 작품 자체를 본다면, (…) 사건을

> 종합적이고 객관적으로 서술해야 한다는 관념이 오히려 부정적으로 나타난 것이 아닌가 하는 생각이 든다. 설사 공동창작이라 할지라도 그것이 창작 구성원들의 의식이나 경험이 하나의 통일된 모습으로 드러나야지, 단순히 여럿의 의견이나 경험을 종합해 놓은 듯한 모습으로 드러나서는 창작 자세로 보나 작품으로 보나 별로 의미가 없는 듯싶다. 공동창작의 의의는 통일에 있는 것이지 종합에 있는 것이 아니기 때문이다.[46]

요컨대 「들불야학」은 시의 구성적 측면, 시창작의 태도, 시적 감정, 양식(장르) 선택의 문제 등 여러 측면을 검토해 보았을 때 "별로 의미 없는 작품"이다. 쉽게 말해서 온통 결함투성이라는 것이다. 한데 그다지 의미(가치) 없는 작품을 이렇게까지 낱낱이 비판하는 수고를 들이는 이유가 무엇인지는 미스터리다.

오늘날의 독자가 만약 「들불야학」을 읽고서 위기철의 평가를 접하게 된다면 어떨까. 아마도 구구절절 옳은 소리라고 수긍할지는 모르겠다.

설령 그렇다 하더라도 정작 그가 간과하고 있는 게 있다. 아니면 애써 무시하는 사태들이 있는 것이다.

우선 위기철의 평가가 나온 시점은 87년이다. 그리고 「들불야학」이 창작된 시점은 85년 무렵이다.

불과 몇 년 차이가 무슨 대수냐 싶을 것이다. 그러나 87년 6월항쟁 이전과 이후는 여러모로 질적인 차이가 있다. 85년 무렵이 아무리 정치적 유화국면이었다 해도 '광주'나 '5월'이라는 단어를 거리낌 없이 뱉어낼 수 있는 시점이 결코 아니었다.

여전히 정권의 마타도어(matador)가 극성을 부리고 있었다. 그 탓에 5월의 '사실'과 '진실'은 지속적으로 유린되고 왜곡됐다. 항쟁 이후 한국의 '5월 운동'을 추동한 원동력이 이른바 진상규명 투쟁, 다른 말로 사실(진실)에 대한 욕구(강박)였다는 점을 간과해서는 안 된다.

이러한 욕구를 맨 먼저 감당했던 자들이 시인들이다. 거기에 긴박당한 시인들은 5월의 총체적 형상화를 내걸고 서정성을 과감하게 유보한다. 대신 서사적 장시 실험에 매달린다. 이를테면 오월시동인 박몽구의 연작장시 「십자가의 꿈」(1985)이 대표적이다.

따라서 이 맥락을 놓친다면 시인들이 "짧은 시 속에 지나치게 많은 이야기를 담으려는 의욕"에 왜 그리 매달렸는지 도저히 알 길이 없다. 그런 의욕을 해소하기 위해 르포(reportage)나 소설의 형식이 적합하다는 것을 과연 시인들이 알지 못했을까.

물론 85년은 소설 분야에서 5월에 대한 본격적인 서사화의 욕구가 비로소 출현한 시점이긴 한다. 그러나 그것이 간접적이고 은유적인 방식으로 표출되었다는 점을 기억할 필요가 있다.

예컨대 5월항쟁 서사화의 혈로를 뚫은 것으로 평가되는 윤정모의 단편소설 「밤길」(1985)이나 임철우의 「봄날」(1985)이 있다. 이 소설들은 5월의 사건 그 자체를 직접 거론하지 못했다. 다만 부끄러움이나 죄의식과 같은 감정을 통해 그날의 사건을 우회적으로 환기하고 있기 때문이다.

이러한 상황에서 「들불야학」에 대해 사건기록 중심이니 또는 신문기사를 읽는 것 같다느니 하는 식의 평가는 적잖이 무성의한 평가이다. 단편적, 서술적, 집약적 아님 등등의 평가도 일면적이다. 문학적(시적) 형상화의 질과 수준을 고려하기에 앞서서 '사실' 자체 그리고 그 '기록'에 우선순위를 두어야 했던 시대적 조건을 괄호 치고 있는 탓이다.

더군다나 「들불야학」에 대한 위기철의 평가는 자신의

언급과도 배치된다. 그는 공동창작이 "작품 생산 자체가 주요한 목적이 아니라, 문학을 통한 집단 내의 정서교류와 연대의식의 형성이 주된 목적이며, 노동하는 삶과 예술이 일치되어야 한다는 당위의 실현"[47]이라고 했다.

공동창작의 실제적인 목적에 대한 언급과 「들불야학」에 대한 평가 사이에는 상당한 괴리가 있다. 그 목적이 작품 생산 자체에 있는 게 아니라고 했다. 한데 시치미 떼듯 생산의 결과물인 작품 자체만을 두고 안이한 형식주의적 관점에서 비판(실은 비난)하는 꼴이다.

따라서 위기철의 평가는 더도 덜도 아닌 딱 '문학주의'의 그것이다. 비평적으로 따지면 신비평 류와 흡사하다고 할까. 아무튼 그의 평가 태도는 시대의 긴박성과 절실함으로부터 한발 비켜서 있는 자, 또는 관찰하는 자의 여유로운 포즈에 가까워 보인다.

'공통적인 것'으로서의 문학

채광석은 한 좌담회에서 공동창작과 관련해서 다음과 같이 언급하고 있다.

(…) 중요한 것은 문제의 본질에 이르기까지 함께 논의하고 함께 이를 수 있는 분위기의 형성이고, 또 개인 차원의 창작이라는 신비성을 점차 극복해 나감으로써 소시민성을 청산하고 민중적 요구에 정확히 부응하는 문학을 건설하는 것일 것입니다.[48]

공동창작에서 중요한 요소는 두 가지이다. 우선 창작에 참여하는 작가들이 문제의 본질을 함께 숙의하는 분위기의 형성이다. 그리고 개인 차원의 창작이라는 신비성을 점진적으로 해체해 나가는 것이다.

곧 "창작 과정상의 집단적 연대를 통하여 개체적 한계"[49]를 극복하는 일이 필요하다. 따라서 창작의 결과물보다는 창작의 '과정' 그 자체가 문학적 또는 문예운동적 실천의 핵심 요소가 될 수밖에 없다.

안타깝게도 비나리패는 「들불야학」의 창작 과정을 기록해 두지 않았다. 따라서 위기철의 평가에서 보듯 이 작품이 의견과 경험의 통일이 아니라 종합으로 귀결된 창작 과정상의 문제를 확인할 방법이 없다.

한편 제5시집 『밑불』에는 「창작보고서」라는 글이 실려 있다. 이 글은 공동창작시 「조국이여 조국이여」의 창작과정을 비교적 상세히 기술해 놓았다. 그 과정이 꽤 조직적이고 체계적이다. 그 이전까지의 공동창작 경험이 상당 부분 축적된 것으로 보인다.

그리고 이 보고서가 중요한 또 하나의 이유가 있다. 공동창작 실험이 필시 맞닥뜨리게 되는 문제를 징후적으로 드러내주고 있기 때문이다. 보고서의 내용을 따라가면서 공동창작 과정을 살펴보도록 하자.

창작과정은 크게 3단계로 나뉜다. 즉 준비단계, 창작단계, 완성단계이다.

실질적인 창작에 앞서서 창작 대상에 대한 공동의 인식을 형성하고 창작원칙을 정한다. 이를테면 "최대한 속도성을 유지할 것" 또는 "서정성을 충분히 살리는 한편 관념적 구호화 시키지 말 것"[50] 등이 그 예다. 인식 공유 및 원칙 수립에 이어 창작 대상과 관련한 대강의 시놉시스와 창작 스케줄을 짠다.

작업을 효과적으로 실행하고 회원들을 고르게 참여시키기 위해 조 편성을 한다. 조별 모임을 갖고 할당된 부분의 세부 시놉시스를 구성한다. 각 조별로 작성한 세부 시놉시스를 전체회의에 상정해서 서로 공유하는 과정을 거친다. 전체회의가 끝나면 다시 조별 모임을 갖고 조원별 할당량을 정한다. 여기까지가 준비단계이다.

비로소 창작단계에 들어간다. 지속적인 조별 모임을 통해 제출된 시편들을 모아 전체적인 흐름을 조정하고 토의하는 과정을 거친다. 이렇게 해서 조별로 완성된 초고들을 다시 전체회의에 상정한다.

이어 제출된 초고들을 놓고 전체적으로 조율하는 과정을 밟는다. 이 과정이 끝나면 대표필자들을 선정한다. 대표필자들은 다음과 같이 매우 꼼꼼한 퇴고작업을 실행하게 된다.

> 선정된 필자들은 전체를 틀어쥐어야 할 서사성을 염두에 두고 한 자 한 자 읽어나가며 심도 있는 고찰을 했다. 이 자리에서 전체에 복무하지 못하는 몇 편이 송두리째 삭제되기도 했고 토씨 하나를 놓고 오랫동안 논란을 벌이기도 했다. 또한 진부한 반복적인 표현 기법이 무성하다고 판단, 신선함을 불어넣고자 진땀을 내었으며, 단순히 나열된 사건이나 관념적 구호화된 부분을 서정성을 구축해내려고 노력했다. 특히 3부에서는 내용의 산만성과 구조의 취약성 때문에 거

의 전 부분을 수정해야 했다.[51]

지난한 퇴고의 과정을 거치는 셈이다. 이제 완성단계에 들어간다. 퇴고한 원고를 다시금 전체회의에 상정해서 낭독한 후에 합의를 거쳐 작품을 확정한다. 이른바 숙의(熟議) 민주주의의 조직적 실천이라고 불러도 손색이 없다.

물론 이 창작보고서에는 공동창작 과정에서 나타났던 여러 문제점에 대해서도 충실히 기록해 놓고 있다. 우선 창작과정 자체가 지속적인 숙의 과정의 연속이기 때문에 피로도가 높다는 점이 있다. 또한 회원 간 역량의 차이도 무시할 수 없었을 것이다.

그러나 공동창작에서 나타나는 가장 핵심적인 문제는 바로 이것이다. 곧 "개인 작품에 대한 욕심으로 자신의 구절이 얼마나 들어갔느냐가 주관심사"[52]가 되는 경우이다.

그들은 그저 '개인의 욕심'이라고 표현하고 있다. 그러나 이는 단지 사적 욕망의 문제만은 결코 아니다. 실은 근대문학이라는 제도를 떠받치고 있는 토대 자체를 건드리는 문제이기 때문이다. 이와 관련하여 다음 언급을 우선 참고하도록 하자.

(…) 집단창작에서 개인 창작으로 창작의 주체가 변화하는 것이다. 이 과정이 진전되면서 전문적 작가가 탄생한다. 어떤 형태로든 자신의 이름을 내걸고 자신의 작품을 관리하게 되며 때로는 그에 따른 권리를 행사하기도 한다. (…) 작가가 자신의 이름을 밝혀가는 과정은 한국문학사에서 근대성이 구현되는 과정의 하나이기도 하다. 무서명 및 비실명에서, 실명과 필명으로 표기가 바뀌는 과정은 근대적 문학 제도 정착 과정의 하나로 이해될 수 있다.[53]

근대문학은 작가의 탄생으로부터 출발한다. 물론 이때 작가는 철저히 '개인(individual)'이다. 개인으로서의 작가는 창작품에 대한 관리의 주체이다. 동시에 그것의 소유권을 주장할 수 있는 권리의 주체이기도 하다.

이제 창작물이란 하나의 지적재산이다. 즉 희소성의 논리에 입각한 배타적 소유물인 것이다. 이로부터 지적소유권 또는 저작권이라는 독점적인 법적 권리와 지위가 출현한다.

문제는 개인으로서의 작가가 절대화되는 과정이다. 이

때 작가에 대한 이상적 신비화가 끈질기게 따라붙게 된다. 이를테면 고독한 개인이 어두운 골방에서 온갖 실존적 고뇌와 내적 번민을 뚫고 작품을 창작해 낸다는 식의 서사가 지배한다.

이러한 개인성의 절대화로부터 천재(성)과 같은 낭만주의 신화가 출현한다. 이는 필연이다. 고독한 천재 예술가라는 표현은 작가에 대한 최고의 찬사가 된 지 오래다.

비나리패는 공동창작 과정에서 겪은 회원들의 개인주의나 이기주의 따위를 문제 삼고 싶었을 것이다. 그러나 그들이 비록 심각하게 자각할 수 없었음에도 불구하고 어쨌든 그들은 이른바 근대문학의 임계점(critical point)에 다다랐던 셈이다.

물론 가정법이다. 만약 그들이 그 임계점으로부터 자각적으로 어떤 도약을 감행했다면 어땠을까. 아마도 '사적 소유물'로서의 문학이라는 근대적 관념(제도)을 파기하는 이론적 또는 실천적 지평에 이르렀을지도 모른다. 곧 '공통적인 것(the common)'[54]으로서의 문학이라는 사유에 도달했을 수도 있었다는 얘기다.

그러나 그들은 공동창작의 실천적 의의를 급진적으로 이론화하거나 개념화하지 못했다. 근대문학의 임계점 근처에 도달했으나 거기서 멈춘 것이다. 대신 "그 목적이 탁월한 작품적 성과를 거두어낸다는 것보다는 조직의 단련과 조칙창작에 대한 경험을 마련하기 위한 것"[55]이라고만 밝히고 있을 따름이다.

한갓 문예운동 '조직론' 차원의 사유에 멈춰버린 것이다. 당연히 이것은 비나리패만의 한계는 아니다. 실상 80년대 진보적 문예운동론 자체의 한계인 탓이다.

잃어버린 고향에 대한 동경

비나리패의 공동창작시 중에서 창작 동기나 그 과정의 측면에서 다른 작품들에 비해 상대적으로 돋보이는 작품이 있다. 바로 「수몰민의 노래」(1987)이다. 이 작품은 동복댐 건설로 인해 삶의 터전을 잃어버린 전라남도 화순군 이서면 주민들의 아픔을 기록하고 있다.

동복댐은 광주시 상수도의 수원용으로 건설됐다. 광주시는 1982년 11월부터 1985년 7월까지 세 차례의 공사를 거쳐 댐을 완성한다. 본래 1985년 12월 말에 완공 예정이었으나 7월 1일 담수하여 준공검사를 마친다. 예정일보다

공사를 앞당긴 것이다.

문제는 그해 5월 28일부터 6월 5일까지 내린 비로 인한 홍수다. 그 탓에 담수가 다 차버리고 보상과 이주 조치가 완료되지 않은 채 주민들은 급하게 고향을 떠나야 했다.

이 사건을 접한 비나리패는 86년 세 차례에 걸쳐 수몰지구로 공동창작 기행을 다녀오게 된다. 아래는 그때의 기록이다.

> 86년 여름, 우리는 시퍼렇게 출렁이는 물을 보고 아무런 말도 하지 못했다. 아버지의 아버지의 아버지의…, 수십 대에 걸쳐 내려온 고향집, 미처 덜 뜯긴 돌담이며 장독대가 그대로 드러나 보였다. 수많은 사연들이 묻혀 바람 자는 날에도 일렁이는 동복 수몰지구, 우리는 공동창작을 하기 위해 세 번째에 걸쳐 이곳을 찾았다. (…) 화순군 이서면에 도착하여 둘씩, 셋씩 짝을 지어 면사무소로, 경찰서로, 조합으로, 다방으로 들어가 취재를 하기 시작했다. 필기도구를 갖추고 그들이 말하는 것 하나라도 놓칠세라 열심히 듣고 기록했다.

(…) 밭에서 무, 배추를 가꾸는 아낙들은 구성지게 그때 상황을 이야기해 우리를 뭉클하게 했으며 그들이 살고 있는 비참한 상황이란 전깃불도 수돗물도 없는 데서 노부부 둘만 남아 있을 뿐이었다. 우리들은 이 엄청난 비극과 자유의 나라라는 대한민국에 존재하는 모순을 어떻게 시로 풀어낼 것인가. 두려움과 사명감을 동시에 안고 돌아오는 발걸음은 착잡하기만 했다.[56]

이 기록에서 알 수 있듯 「수몰민의 노래」는 수몰지구를 공동으로 취재하고 이어 현지 주민들의 구술조사를 바탕으로 창작한 것이다. 이를테면 관념적이고 추상적인 구호 차원의 민중이 아니라 삶의 현장에서 실제로 고통 받는 민중과의 만남을 시도한 셈이다. 민중을 위한 노래 또는 민중해방을 위한 문학이라는 자신들의 이상과도 부합한다.

흥미로운 사실은 이 작품을 관통하고 있는 비나리패의 집단화된 감성이다. 그들은 기본적으로 전통적 농촌공동체를 가장 이상적인 사회(혹은 나라)의 전형으로 여긴다.

때문에 그러한 공동체가 파괴됨으로써 겪는 상실감이나 비애의 감정을 서로 깊게 공유하는 듯하다. 따라서 시를 다음과 같이 시작하는 것은 어쩌면 당연해 보인다.

오천년 황토 굵은 땅 일궈 가슴 적시며
줄기줄기 내려 뻗은 노령산맥 따라
넉넉한 무등산 자락에 부둥켜 사는
화순군 이서면 몰염마을.
맑은 적벽 강물에 훈훈한 인정이 흘러내리고
긴 삼동이 풀리는 봄날이면
쟁기 보습 깊이 박아
언 땅을 뒤집고 갈아엎고
자식새끼 같은 씨앗을 땅에 뿌리며
고구마 얼굴들 모이고 모여
사람 사랑하던 동네.

– 공동창작시, 「수몰민의 노래」 중에서[57]

수몰지구인 이서면 몰염마을의 정경 묘사다. 우선 이 마을은 자연과 인간이 서로 결코 낯설지 않은 서정적 공간이다. 동시에 훈훈한 인정과 사랑이 있는 자족적 공동체의 외양을 하고 있다.

이 마을은 자아와 세계의 동일성에 바탕을 둔 서정적

총체성의 세계다. 결국 이 작품은 온정적인 공동체 혹은 고향이 차가운 도시 문명의 이기와 편익에 의해 유린당하고 스러져 가는 비극성에 초점이 놓여 있다.

주암댐 사람들은 그래도
보상이나 두둑이 받았다는데
힘없고 빽 없는 우리는
가슴만 치고 울었다.
이장임네 말깨나 하는 사람
이리저리 보상받아
서울 부산 광주로 떠나갔는데
죽어도 고향 못 떠나가겠다던 사람들
제사나 지내고 뜨자고 매달리던 사람들
보리농사 채 걷어 들이지 못하고
삽자루 들고 내달리던 사람들
밤낮으로 눈에 퍼런 불이 일었다.
아랫동네부터 담이며 지붕이 잠겨와
철거반 쇠망치와 포크레인이
크릉 쿵쾅 지축을 흔들고
아아 우리는 어디로 가야 하나,

이북 사람들은 통일되면

돌아갈 고향이나 있다지만

저 시커먼 손의 물길에 빼앗긴 고향

우리는 영영 찾을 수 없네.

– 공동창작시, 「수몰민의 노래」 중에서[58]

통일이 돼야 한다는 단서가 붙긴 한다. 그러나 어쨌든 이북민은 돌아갈 고향이 있다. 반면 수몰민의 비극적 정서는 고향 자체가 아예 자취를 감춘다는 점에서 시작한다.

쇠망치와 포크레인같이 '섬뜩한 것(Das Unheimliche)'들이 지축을 흔들어 놓는다. 삶의 존재론적 기반이 무너진다. "시커먼 손"에 의해 삶의 터전은 수장된다.

'귀향(歸鄕)' 불가능성! 이로부터 슬픔과 분노 그리고 적의의 서사가 탄생한다. 영원한 실향의 비애 한편으로 실향을 불러온 섬뜩한 세계에 대한 증오와 적대감이 솟는다.

고향은 실제의 그것이건 관념으로서의 그것이건 중요하지 않다. 잃어버린 고향에 대한 형언할 수 없는 그리움의 파토스가 비나리패의 집단적 감성에 자리 잡고 있다는 점은 확실하다. 귀향의 불가능성 그리고 노스탤지어의 충동이 그들을 몰염마을로 이끌었다고 보아야 한다.

미주

1 「비나리패, 우리가 살아갈 길」, 『붉은 언덕을 넘으며』(비나리 제4시집), 1988, 171쪽.
2 같은 글, 172쪽.
3 월터 J. 옹, 임명진 옮김, 『구술문화와 문자문화』, 문예출판사, 2018, 212쪽.
4 『당신은 오월바람 그대로』(비나리 제3시집), 1987, 91~92쪽.
5 이에 대한 자세한 논의는 이승철, 『광주의 문학정신과 그 뿌리를 찾아서』, 문학들, 2019, 354~370쪽.을 참조할 것
6 같은 책, 69쪽.
7 『당신은 오월바람 그대로』(비나리 제3시집), 82~83쪽.
8 「비나리패, 우리가 살아갈 길」, 『붉은 언덕을 넘으며』(비나리 제4시집), 169쪽.
9 같은 글, 165쪽.
10 이 개념에 대한 자세한 논의는 전남대학교 감성인문학연구단, 『공감장이란 무엇인가 : 감성인문학서론』, 길, 2017,의 제1장 '공감장이란 무엇인가' 부분 참조할 것.
11 월터 J. 옹, 앞의 책, 83쪽.
12 「책머리에」, 『밥과 토지의 나라로』(비나리 제2시집), 1985, 8쪽.
13 『당신은 오월바람 그대로』(비나리 제3시집), 43쪽.
14 김홍중, 「진정성의 기원과 구조」, 『한국사회학』 제43집 5호, 한국사회학회, 2009, 3쪽.
15 가라타니 고진, 송태욱 옮김, 『탐구 1』, 새물결, 1998, 14쪽.

16 김준태, 「5월과 문학 – 절망과 좌절의 극복, 그리고 희망의 현실화를 위하여」, 『5월과 문학』, 남풍, 1988, 11쪽.

17 같은 글, 12쪽.

18 『가자 피 묻은 새떼들이여』(비나리 제1시집), 24쪽.

19 『가자 피 묻은 새떼들이여』(비나리 제1시집), 81~82쪽.

20 이경호, 「그날에 살아남은 자의 통과제의 – 임동확론」, 『문예중앙』 1990년 겨울호, 중앙일보사, 1990, 77쪽.

21 『당신은 오월바람 그대로』(비나리 제3시집), 54~55쪽.

22 임철우, 「나의 문학적 고뇌와 광주」, 『역사비평』 2000년 여름호(통권51호), 2000, 역사비평사, 294쪽.

23 임동확, 「광주 오월의 젊은 시인들」, 『민족현실과 지역운동』, 광주, 1985, 342쪽.

24 「책머리에」, 『다시는 절망을 노래할 수 없다』(오월시동인지 제4집), 청사, 1984.

25 『밥과 토지의 나라로』(비나리 제2시집), 113~114쪽.

26 최도식, 「한국 현대 연작시 연구」, 서강대박사학위논문, 2009, 6쪽.

27 『밥과 토지의 나라로』(비나리 제2시집), 57쪽.

28 「비나리패, 우리가 살아갈 길」, 『붉은 언덕을 넘으며』(비나리 제4시집), 167쪽.

29 『밑불』(비나리 제5시집), 1989, 17쪽.

30 『붉은 언덕을 넘으며』(비나리 제4시집), 16쪽.

31 『밥과 토지의 나라로』(비나리 제2시집), 38쪽.

32 『밥과 토지의 나라로』(비나리 제2시집), 41쪽.

33 『밥과 토지의 나라로』(비나리 제2시집), 42쪽.
34 『밥과 토지의 나라로』(비나리 제2시집), 79쪽.
35 『밥과 토지의 나라로』(비나리 제2시집), 91쪽.
36 『밑불』(비나리 제5시집), 32~33쪽.
37 『밑불』(비나리 제5시집), 34쪽.
38 『붉은 언덕을 넘으며』(비나리 제4시집), 105쪽.
39 『붉은 언덕을 넘으며』(비나리 제4시집), 121~122쪽.
40 『붉은 언덕을 넘으며』(비나리 제4시집), 125~126쪽.
41 『밥과 토지의 나라로』(비나리 제2시집), 108쪽.
42 임홍배, 「집단창작론의 비판적 검토」, 『실천문학』 제12호, 실천문학사, 1988, 348쪽.
43 오월시동인, 「책머리에」, 『5월』(오월시동인지 제5집), 1985.
44 김진경, 「지역문화론」,『5월』, 311~314쪽.
45 김태현, 「광주민중항쟁과 문학」, 『그리움의 비평』, 민음사, 1991. 82쪽.
46 위기철, 「문학과 공동창작」, 『보운』 제16호, 충남대 교지편집위원회, 1987, 122쪽.
47 같은 글, 113쪽.
48 좌담, 「현단계 문학운동과 자유실천문인협의회」, 『민족문학』 제5집, 1986, 11쪽.
49 임홍배, 「집단창작론의 비판적 검토」, 349쪽.
50 「창작보고서」,『밑불』(비나리 제5시집), 174쪽.
51 같은 글, 175~176쪽.
52 같은 글, 176쪽.

53 김영민, 「근대 작가의 탄생 - 근대 매체의 필자 표기 관행과 저작의 권리」, 『현대문학의 연구』 제39호, 한국문학연구학회, 2009, 1쪽.

54 공통적인 것에 대한 이론적 논의를 첨가하기 보다는 마이클 하트(Michael Hardt)의 언급을 인용하는 것으로 대신하겠다. "(…) 공통적인 것은 지구 그리고 지구와 연관되어 있는 모든 자원들, 즉 토지, 삼림, 물, 공기, 광물 등을 가리킨다. 이는 17세기 영국에서 'common'에 '-s'를 붙인 'the commons'라는 말로 공유지를 지칭했던 것과 밀접한 관계를 갖는다. 다른 한편으로 (…) 공통적인 것은 아이디어, 언어, 정동 같은 인간 노동과 창조성의 결과물을 가리키기도 한다. 전자를 '자연적인' 공통적인 것으로 이해하고 후자를 '인공적인' 공통적인 것으로 이해할 수 있겠지만, 자연적인 것과 인공적인 것의 구분은 사실상 곧 허물어진다. 어쨌든 신자유주의는 이런 두 가지 형태의 공통적인 것 모두를 사유화하려 했으며 지금도 그러고 있다."(마이클 하트, 「공통적인 것과 코뮤니즘」, 『자본의 코뮤니즘 우리의 코뮤니즘』(연구공간 L 엮음), 난장, 2012, 34~35쪽.)

55 「창작보고서」,『밑불』(비나리 제5시집), 174쪽.

56 「비나리패, 우리가 살아갈 길」, 『붉은 언덕을 넘으며』(비나리 제4시집), 175~176쪽.

57 『당신은 오월바람 그대로』(비나리 제3시집), 120쪽.

58 『당신은 오월바람 그대로』(비나리 제3시집), 125쪽.

비나리'풍'에 대하여

공동체의 붕괴

"한 사람이 썼다고 해도 과언이 아닐 정도로 목소리가 똑같은 상투성과 획일성"[1]을 보인다. 이는 제2시집 『밥과 토지의 나라로』가 출간된 이후 비나리패의 자체평가다.

물론 80년대에 나온 비나리패의 시집들이 모조리 상투적이고 획일적이라고 말할 수는 없다. 다만 비나리'풍(風)'이라고 불러도 딱히 그르지 않을 반복되는 모티브가 있다는 것은 부정하기 어렵다.

우선 비나리패의 시에는 농촌공동체의 붕괴에서 비롯된 분노나 슬픔의 정서를 담은 작품들이 꽤 있다. 그 분포

도를 따져도 출간된 시집들 전체에 걸쳐서 적지 않은 편이다.

이는 민중문화의 전형을 전근대 농촌공동체에서 찾고자 했던 그들의 이상과 무관하지 않다. 다음 언급을 보도록 하자.

> 60년대 이후 우리 사회는 산업화와 더불어 인간의 물질에의 예속이 강화되어 가고 농촌 공동체의 급격한 분해와 변화되는 신질서 속에서 계층 간의 갈등과 문화적 파행성은 계속 심화되어 왔다. 또한 우리를 둘러싸고 있는 외세는 민족의 영구분단을 획책하며 그 제국주의적 속성을 여지없이 드러내 오고 있을 뿐만 아니라, 내적으로는 자본주의 경제 질서의 강화로 인한 모순들은 이제 계급적으로 구조적으로 사회의 중요한 문제로서 나타나 있다.[2]

비나리패의 80년대 정세 인식의 한 편린이다. 외세(제국주의)로 인한 민족모순과 자본주의가 낳은 계급모순이 현재 한국사회를 지배하고 있다. 물론 딱히 신선할 게 없는 80년대 정세 규정의 대중적 화법이다.

다만 한국이 처한 모순의 앞자리에 농촌 공동체의 급격한 분해를 놓고 있다는 점이 흥미롭다. 이로부터 비나리패의 특이성이 출현한다. 곧 80년대 민족(민중)문학 계열의 주요한 흐름과는 다른 노선을 걷는 듯하다.

> (…) 1970년대까지만 하더라도 농민문학은 우리 '민족문학'을 지탱하는 중요한 흐름 중 하나였습니다. 시에서는 김지하의 『황토』, 신경림의 『농무』, 소설에서는 이문구의 『우리동네』 연작과 김춘복의 『쌈짓골』, 송기숙의 『자랏골 비가』 등 쟁쟁한 농민문학적 성과가 산출되었는데, 1980년대 이후에는 이에 버금갈 만한 성과를 발견하기가 쉽지 않습니다. (…) 1970년대까지만 하더라도 우리 사회는 전반적으로 농촌이라는 배경에 긴박되어 있었고 문학인들 역시 온전한 '아스팔트 키드'로서 자라기보다는 반도반농(半農半都)의 환경에서 성장하였던 반면, 1980년대 들면 오로지 '아스팔트 키드'로 자라난 문학인들이 대거 등장하기 시작한 것이지요. 아울러 우리 사회를 변혁하거나 변화시키기 위한 비전에서 농촌이나 농민이 차지하는 비중이 크게 줄어든 것도 농민문학의 소멸을 가져온 하

나의 원인이라고 생각됩니다.[3]

위의 인용문을 요약하면 이렇다. 곧 민족문학의 주요한 성과를 놓고 보면 70년대는 농민문학이 주류였다. 그러나 80년대는 아니다. 농민문학이 거의 소멸 지경이다. 그 이유는 '아스팔트 키드'의 등장 탓이다.

아스팔트 키드란 도시에서 나고 자랐으며, 도시적 감수성과 감각에 익숙한 자들이다. 그런 작가들이 상상력의 근원이나 변혁적 전망을 애써 농촌공동체에서 끌어올 이유는 없다.

반면 비나리패는 다르다. 여전히 농민적 또는 농촌적 상상력과 변혁의 전망을 고수하는 것이다. 그런 이유이지 싶다. 간혹 그들의 시가 반(反)도시주의(anti-urbanism) 정서를 내비치는 것은 그저 우연은 아니다.

실험성과 급진적인 면모에도 모더니즘적 성향을 보인 김수영이나 황지우 등을 그들이 그다지 선호하지 않았던 까닭도 이해할 수 있다. 송광룡의 회고에 의하면 가령 83년 황지우가 첫 시집 『새들도 세상을 뜨는구나』를 문학과지성사에서 출간했을 때, 비나리패는 그 시집에 대해 매우 시큰둥했다고 한다.

우선 시가 쉬워야 하는데 황지우의 시는 굉장히 파격적이다. 게다가 난해해서 결코 민중적인 것으로 보이지 않았다고 한다. 더불어 창작과비평사의 시집들(리얼리즘 계열)은 애독한 반면 문학과지성사의 시집들(모더니즘 계열)에 대해서는 등한시했단다. 아무래도 비나리패의 성향상 문학과지성사 자체가 '아스팔트 키드'에게 더 친화적인 것으로 여겨졌을 가능성이 크다.

한편 제2시집의 제목이 『밥과 토지의 나라로』라는 점도 예사롭지 않다. 비나리패의 성향은 확실히 농촌(농민)적이다. 따라서 그들이 민속기행이나 농촌현장 체험 그리고 동학 격전지 순례 등에 공을 들였던 것은 퍽 당연하다.

어쨌든 그들의 시에서 산업화로 인해 피폐하고 몰락해 가는 농촌의 암울한 풍경이 자주 형상화된다. 유년의 따뜻했던 기억과 추억이 서린 공간이 사라진다. 개발주의의 광풍에 의해 쑥대밭으로 변한다. 심지어 조상의 묘까지 파헤치는 패륜이 자행되기도 한다.

또는 눈덩이처럼 쌓인 조합 빚과 독촉에 못 이겨 고향을 등지는 사람들이 등장한다. 결국 농촌은 근심과 걱정 그리고 비애만 가득한 처참한 공간으로 변해버린다. 사람들이 거의 다 떠나고 난 뒤에도 황량한 고향을 홀로 지키는 이들이 있다. 그들(대체로 '어머니'인 경우가 많다!)에 대한 미안함과 그리움의 정서를 노래하곤 한다.

예컨대 윤정현의 「남행」, 윤동휜의 「고향」, 이종주의 「귀향」, 김경윤의 「고향」 연작, 서현의 「시골 구멍가게」, 이형권의 「벌목」과 「칠산바다」, 류진주의 「남계리에서」, 김철민의 「영산포 우시장」 등이 대표적이다.

한편 그들의 시에서 도시 변두리 사람들의 삶과 애환을 포착한 것들을 종종 본다. 생계를 도모하기 위해 삶의 터전이었던 농촌(고향)을 떠나 대도시의 외곽에 정착한 빈자(貧者)들의 서사가 주요한 모티브이다.

몇몇 작품을 대략 꼽아보자. 남광주 시장 외진 터의 풍경(윤정현, 「남광주」), 목포 변두리 파장한 오일장의 남루한 세태(류진주, 「가는 길」), 광산군 평동면 민중들의 삶에 대한 교감(임동확, 「밤길에서」), 어두운 산동네의 가난하고 고달픈 삶(김경윤, 「봉천동」), 도시 외곽을 떠돌며 고물장수 일을 하는 아버지에 대한 회한과 부끄러움(김재경, 「매곡동 89번지」) 등등.

가로등도 없는 산동네 칼바람 속을
넘어지며 넘어지며

봉지쌀을 팔아서 돌아오던 날 밤
팔천원 월세방에 탄불도 지고
목화꽃 송이눈만 사랑처럼 내려
가난한 마음을 감싸 주었다

중학교 문턱에도 못 가본 누이는
파김치처럼 시들어 돌아오고
참새골 보리밭길 멧새울음으로
몇 번인가 몇 번인가 소매깃을 적시며
부황 든 남쪽 고향 홀어미가 그리워
밤새 뒤척였다 내 몰래

끝내 절망의 모습을 보이지 않으려던
누이는 전라도 가시내의 오기였을까
삼십 년 빈 가슴으로 살아 온
어머니의 속울음 때문이었을까

가난이 원망스럽기보다는 누이가 눈물겹고
세상의 불평등이 서럽던 그 겨울
언 살 부둥켜안은 누이의 품 안에서

고향 들녘 푸른 보리싹들을 생각하며
처음으로 처음으로 어머니를 불러보았다.

– 김경윤, 「봉천동 – 그해 겨울의 일기」 전문[4]

"오래 굶주려서 살가죽이 들떠서 붓고 누렇게 되는 병"이 부황이다. 화자와 그의 누이는 어떤 이유에서건 "부황든 남쪽 고향"(전라도의 한 농촌마을)에 홀어머니만 두고 떠나올 수밖에 없었다.

그러나 떠나온 그들의 삶이 궁핍한 건 매한가지다. 대도시의 후미진 산동네(봉천동)에서 추위와 배고픔을 서로 견뎌야 한다. 가난 탓에 "중학교 문턱도 못 가본" 누이가 온통 생계를 도맡는 게 분명하다.

누이의 어깨가 무겁다. 그녀는 나날이 "파김치처럼 시들어"간다. 그러나 오기로 버텨내는 중이다. 동생을 위해 슬픔과 절망을 감춘다. 화자는 그런 누이가 안쓰럽다. 한편 "언 살 부둥켜안은 누이의 품"에서 화자는 고향의 들녘과 홀로 남겨진 어머니를 그리워한다.

위의 시는 고향(농촌)을 떠나 도시 변두리의 삶을 이어가는 빈자들의 애달픈 사연과 심정을 핍진하게 전달하고 있다. 그러나 이 시의 정서적 호소력은 한국 문화권에서

각별한 울림을 발산하는 이른바 '누이 콤플렉스'에 상당 부분 빚지고 있다.

민중의 형상을 찾아서

비나리패는 민중을 위한 문학 또는 민중해방을 위한 노래를 주장했다. 그들은 사회과학자가 아니다. 추상적인 민중을 놓고 왈가왈부할 수는 없었을 것이다. 구체적인 민중의 형상을 찾아 묘사해야 한다.

해서 다양한 민중의 형상이 시 속으로 호명된다. 특별한 분류 체계 없이 그야말로 무작위로 그 형상들을 열거해 보겠다.

부둣가의 하역 노동자(김난영, 「완도호」), 소박맞고 한 맺힌 삶을 사는 '서산댁'(송혜경, 「모래톱 이야기」), 억척스러운 늙은 과수댁(김난영, 「호미」), 상머슴 '천서방'(이형권, 「머슴새」), 열여섯의 앳되지만 다부진 여성노동자 '경님'(정준호, 「경님이」), 정관수술 받고 밀가루 타먹던 동네바보 '종갈이'(성명진, 「종갈이」), 고아원 출신의 철공소 주인(남영재, 「철공소에서」), 시골 장터의 떠돌이 수선공

'백골단 해체' 머리띠를 두르고 집회에 참가한 비나리 회원들(1991)

(고현경, 「수선공」), 노동야학생(정준호,「야학일지」), 노래 부르며 구걸하는 금남로 앉은뱅이(조선애, 「앉은뱅이 연가」), 노동운동하는 친구(최한중, 「광주천변을 걸으며」) 오기와 뚝심으로 농촌의 삶을 버텨온 노인(최은희, 「똥심이 할아부지」), 양동시장 주변의 노점상인들(김재경, 「양동, 그 너머에」), 모두들 떠난 농촌마을을 지키다 죽은 '봉종이'(임애순, 「봉종이」), 철거민과 도시환경미화원(김수정, 「노란 리본」), 담배농사가 망해 자살한 '순영이 아버지'(김요선, 「용전 가는 길」), 울진읍 동흥사료 노동자 삼촌(이봉환, 「조선낫 2」).

노동자, 농민, 도시빈민, 룸펜에 이르기까지 다양한 군상이 등장한다. 물론 위의 시들이 골고루 시적 성취를 이룬 것은 아니다. 민중들에 대한 막연한 동정심이나 설득력 떨어지는 연대감을 호소하는 경우도 있다. 그중 퍽 인상적인 시 한 편을 살펴보도록 하자.

못 먹고 헐벗을수록
똥심이라도 있어야 하는 법이여
누런 봄날이면
횟배앓이 회충이 목구멍까지 넘어오는 놈들이
날만 새면
뒷간에 앉아 쌩힘을 주고 용쓰다간
개 이자가리 빠지듯
창자가 삐져나오제
첫닭 울면 지게지고
소깔 한 짐을 비어 오든지
산밭에 거름이라도 한발때기 부려논 뒤
밥상에 앉아
맹물을 묵든 나물죽을 삼키든 해야지
물 한 모금 못 먹고 세 때를 걸러도
배에 똥이라도 차 있으면

든든하고 힘나는 거여

그렇게 똥심으로라도 살아야지

죽지 않고 살다보면

언젠간 그놈들 입 속에

뭉태기 뭉태기 똥 풀 날 있을 테니

— 최은희, 「똥심이 할아부지」 전문[5]

일명 '똥심이 할아부지'의 걸쭉한 입말체에서 골계와 해학이 느껴진다. 그런 반면 그가 일러주는 극한생존의 지혜("똥심")는 뭐라 형언하기 힘든 서글픔과 분노를 동시에 자아낸다. 묘한 힘 같은 게 있다.

후반부의 "언젠간 그놈들 입 속에"라는 진술에 이르러서는 불뚝성과 결기를 가슴에 품은 싸움꾼으로서의 민중의 이미지가 어른거린다. 이를테면 갑오년의 농민군을 닮았다.

한데 문제는 위의 시를 비롯해 앞서 열거한 시들을 제외하고 나면 민중의 형상이라고 부를만한 것들이 온통 부모로 집중되고 있다는 점이다. 물론 대개는 몰락해 가는 농촌의 부모들이다. 보통 화자는 고향을 떠나 도회에 거주하는 자들이다.

소위 사모곡(思母曲) 또는 사부곡(思父曲)계열이라고 해야 할 작품들이 차고 넘친다. 일일이 열거하기 힘들 정도다. 간혹 조부모나 누이, 형, 동생 등을 소환하기도 한다.

리얼리즘 문학에서 세계에 대한 총체적 인식은 늘 강조되는 덕목이다. 그렇지만 인식의 지평을 확장한답시고 자신의 경험 범주를 뛰어넘어 시야를 무턱대고 넓힐 수는 없는 노릇이다.

구체적 형상을 통해 세계를 인식하는 것이 문학의 몫이다. 급작스러운 시야의 확대는 추상성과 관념성을 낳는다. 따라서 자신이 발 딛고 있는 가장 확실한 경험의 세계 안에서부터 형상화 작업을 시작하는 것이 도리어 바람직하다.

이를테면 친근하고 익숙한 육친(肉親)의 범주에서 민중의 형상을 상상하고 끄집어내는 방법이다. 비나리패의 사모곡 또는 사부곡 계열은 이 점에서 굉장히 정직한 것이다.

그러나 몇몇 시들을 빼고 나면 대체적으로 거의 자동화된 연민과 동정심을 남발한다. 혹은 생뚱맞은 감상으로 치닫곤 한다.

특히 연민은 생각 이상으로 부정적인 감정이다. 물론

다른 사람의 처지를 불쌍하게 여기는 것은 사실이다. 그러나 이때 관건은 실제로 타자가 아니다.

오히려 타자의 처지를 견디기 힘들어하는 나(주체)의 감정이 연민이다. 동정 역시 크게 다르지 않다. 둘 모두 일방향의 감정이기 때문이다.[6]

굳이 규정하자면 민중적 감상주의라고 해야 할까. 하여간 민중을 묘사해야 한다는 강박만은 선연하다. 반면 그 형상은 구체적인 질감으로 다가오지 못한다. 형상의 빈곤을 감상주의적 시어들로 메우는 것이다.

즉 외형상 민중(타자)을 노래한다. 그러나 나르시시즘의 안이한 변종인 경우가 적지 않다. 시적 나르시시즘이 지닌 문제점에 대해서는 앞서 설명한 바 있어 재론하지 않겠다. 다만 다음 시는 그러한 감상주의로부터 벗어나 있는 몇 안 되는 작품 중 하나다.

> 아침이면 부리나케 수레를 끌고
> 새벽을 앞질러 나가시는
> 아버지의 손은 상품이다.
>
> 역전에서 사방으로

이 도시의 끝을 더듬고도
해거름에 선술집 대포 한 잔으로
팔려 버린다.

때로 깜짝깜짝
놀라 일어설 만큼 보수는 있지만
사철 겨울을 모르는
사람들의 거리에선 드문 일이다.

그래서 온 식구가 모여 앉은 날이면
어디론가 팔려야 할
내일을 몰라
아버지는 도무지 말씀이 없으시다.

— 송광룡, 「아버지의 손」 전문[7]

위의 시는 우선 슬픔을 그저 슬픔으로만 대응하지 않고 있다는 게 미덕이다. 이를테면 구구절절하게 아버지의 고단한 삶이나 늙어감 따위를 풀어놓지 않는다. 혹은 쇠약하고 병든 신체를 강조하는 식으로 동정심을 유발하는 안이한 화법도 거부한다.

다만 "아버지의 손은 상품이다."라는 매우 간명한 진술로 대신한다. 상품이란 어쨌든 팔아야 하는 것이다. 그러나 팔릴지 또는 그렇지 못할지를 장담할 수 없는 게 모든 상품의 공통된 운명이다.

이 간명한 진술 앞에서 육체노동의 고됨이나 주름진 손 따위를 묘사할 필요가 있겠는가. 또한 아버지가 지니고 있을 내일에 대한 근심과 불안 그리고 슬픔이나 절망감 등의 온갖 복잡한 심경을 "아버지는 도무지 말씀이 없으시다."라는 진술을 통해 압축적으로 표현해 주고 있다.

아버지의 무거운 침묵 앞에서 화자는 섣불리 연민이나 동정의 감정을 토로하지 않는다. 감상성이 배제된 그야말로 드라이(dry)한 시다. 그러나 역설적으로 정서적 감응과 호소력은 배가된다.

분단체제가 낳은 비극

한국의 분단체제가 낳은 각종 문제와 모순을 형상화한 작품들이 있다. 이 계열의 시들은 87년 이후 한반도의 통일운동과 반미운동의 영향으로 뚜렷한 흐름을 형성한다.

우선 분단체제 및 그로 인한 반공주의의 폐해를 직접적으로 혹은 알레고리의 형태로 고발하고 있는 작품들이 있다. 그 체제가 낳은 병리와 고뇌를 이른바 군대체험을 통해 풀어내고 있는 경우도 있다.

김경윤의 「교정에서」, 「우리의 소원은 통일」, 송광룡의 「B초소」, 「사과 한쪽」, 이종주의 「가리봉 시장에서」, 「사격장에서」, 김성호의 「겨울 휴전선」, 정준호의 「서림 국민학교」, 정명철의 「불태산」 등이다.

> 등꽃 꼬여 오른 교문으로
> 파들파들 반공 구호 흔들리는
> 헌 타이어 넘고 넘던
> 교정은 변한 것이 없다
> 입술 깨문 어린 풀꽃으로
> 땟물 자죽 눈물 따라 회초리 맞던
> 복도 양편 포스터에
> 지금은 어린 누구의 증오가 달렸을까
> (…)
> 마지막 학년까지
> 날 세운 면도날로 반을 그어

넘으면 사정없던 내 책상에
굵게 패인 분단선은
무너지지 않고 남아 있다

— 정준호, 「서림 국민학교」 중에서[8]

화자는 어릴 적 모교를 다시 방문한 모양이다. 꽤 시간이 지났지만 교정은 바뀐 게 없다. 반공 구호와 포스터들, 여전히 증오를 부추기는 공간인 채 그대로다. 책상 위에 날카로운 면도날로 그어 놓은 선이 선명하듯 분단선은 아직 무너지지 않았다.

분단체제 극복을 위한 남북통일에 대한 염원과 의지를 담고 있는 작품들도 있다. 예컨대 임동확의 「휴전선」, 「벌목시대」, 정경운의 「허리」, 조선애의 「해후」, 류진주의 「아버지의 꿈」, 이종주의 「사월편지」, 최은희의 「장산곶매」 등이다.

좀체로 사살되지 않는
바람의 실체를 나는 알고 있었다
움직이는 것은 모두
죽어가야 한다는 비무장 지대

가장 확실한 총알로도 적의로도
거꾸러트릴 수 없는 것이 살고 있었다

노리쇠 가득 장전된 증오들을
언제라도 아무런 감동 없이 발사할 수 있는,
새조차 비켜나는 그곳에서
서로의 표적이 되어 서 있는 나무를 보았다

(…)

철조망도 경계도 없이
흘러가는 세월 속에 꿈틀거리며
구름을 모으고 비를 일으키어
한 곳을 가리지 않고 넘나드는 바람
끝내 사살되지 않을 뜨거운 것이 가슴속에
배고픈 산짐승처럼 도사리고 있음을 알았다

– 임동확, 「휴전선」 중에서[9]

임동확은 다른 비나리패 구성원들에 비해 일찌감치 분단 문제에 천착해 왔다. 비무장 지대 또는 휴전선은 분단

비나리 해남 방문. 오른쪽부터 김경윤, 이봉환, 전동진, 김현주(1997)

의 상징이다. 말이 중립지대지 남과 북이 서로에게 총구를 겨누면서 맹렬한 적의를 키워가는 곳이다. 그래서 서로를 "아무런 감동 없이", 즉 거리낌 없이 사살할 수 있는 증오의 공간이기도 하다.

그러나 화자는 하늘의 "새조차 비켜나는" 휴전선에서 바람을 노래한다. 그 바람은 어떻게 해도 사살되지 않는다. "배고픈 산짐승"의 허기를 닮았기 때문에 적의와 증오조차 압도한다. 그것은 민족통일에 대한 강렬한 염원과 의지이다.

한편 80년 5월 이후 우방을 자처했던 미국의 실체가 의심받게 된다. 결국 한반도의 식민체제와 분단체제의 원흉으로 미제국주의를 지목하기에 이른다.

비나리패의 시들에서도 이른바 반미(反美)문학의 계보에 포함시킬 수 있는 작품이 여럿 있다. 한반도를 유린하는 미국을 향한 증오와 혐오 그리고 미국식 대중문화에 대한 강한 거부감의 형태로 나타나곤 한다. 예를 들면 임동확의 「검은 노예들의 합창」, 「타임지」, 김경윤의 「모국어를 위하여」, 정명철의 「통일동산」, 김재경의 「여름날 밤」, 송종헌의 「잡지」 등이다.

잡풀만 엉성하게 둘러싸여
여자애들을 넘어뜨린 품 매듭도
풀어진 어느 날
우리가 진을 치던 그 묘역 언저리
도깨비집 같은 막사 몇 개 세워지고
무시무시한 불도우저가 동산을 허물었다
동산 어귀 초가집 토방에는
포 소리에 흔들리고 또 누군가에겐가 흔들리며
고목나무 같은 양키의 군화와 거기에

매미 같은 꽃신이 나란히 놓여 있었다
마당가 봉숭아 꽃잎에 화약 가루 날리고
꽃이 터진 그 자리에 탄피만 쌓이는데
서쪽 하늘 붉게 물든 저녁
긴 그림자 찾아들 쯤
여인의 울음소리 조용히 새어 나왔다.

— 정명철, 「통일동산」 중에서[10]

통일동산이란 화자의 유년 시절 놀이터이자 동시에 한반도에 대한 일종의 알레고리이다. 물론 그것의 표면적(일차적) 의미와 이면적(이차적) 의미의 관계가 다소 노골적이어서 알레고리로서 성공하고 있는지는 회의적이다.

다만 위의 시는 기본적으로 강한 존재와 약한 존재의 대조를 통해 특정한 정서의 산출을 목표로 하는 듯하다. 이를테면 "불도우저"와 "동산", "고목나무 같은 양키의 군화"와 "매미 같은 꽃신", "화약 가루"와 "봉숭아 꽃잎" 등이다.

그러한 대조를 통해 강한 것이 약한 것을 유린하고 훼손하는 폭력성의 이미지를 구축하고자 한다. 그 유린과 훼손의 현장을 앞에 두고 우리는 마땅히 분노해야 하리라.

그러나 이 작품은 80년대 후반 반미문학 계보의 치명적인 무의식을 답습하고 있다는 점을 놓쳐서는 안 된다. 바로 강간(혹은 겁탈)당하는 '누이(여성)' 이미지 또는 표상이다.

여기서 "'조국=여성'이라는 등식 또는 일종의 묵계(=관습화된 은유)가 관건"이다. 이러한 묵계 아래 "미국을 포함한 외세에 의해 유린당한 조국은 공격적인 남성에 의해 추행 또는 겁탈당하는 수동적인 여성의 이미지와 빈번하게 혼합"[11]되기 때문이다.

마치 고목나무처럼 험상궂고 우악스러운 "양키"가 작고 가녀린 여성(누이)을 겁탈한다. 토방에서는 저항하지 못한 여성의 "울음소리"만 조용히 새어 나온다.

아마도 이를 통해 미제국주의에 대한 가없는 증오를 느껴야 옳을지도 모른다. 한편으로 여린 존재를 지키지 못했다는 죄책감이나 부끄러움을 경험할 수도 있다. 그러나 오늘날의 젠더정치 관점에서 보자면 이는 전형적인 남성 가부장의 서사다.

부끄러움이라는 감정

비나리패 시들의 지배적 감정은 슬픔과 분노이다. 그러나 그들의 시를 그 저류에서 관통하는 더 근원적인 감정이 바로 부끄러움이다.

살아남았다는 사실 그 자체만으로도 부끄러울 수 있음을 알게 해 준 역사적 사건이 광주 5월이었다. 이후 부끄러움은 80년대 한국사회의 감정체제(emotional regime)를 구축하는 핵심적인 감정 중의 하나가 된다.

물론 비나리패의 시중에도 5월에 대한 부끄러움을 형상화한 것들이 있다. 예컨대 김경윤의 「극락강에서」, 이종주의 「분수」, 이형권의 「어둠 속에서 쓴 시」, 정경운의 「겨울일기」 등이다.

> 도청 앞 광장 그때 그 자리
> 너만 살아 있음을 보고
> 콸콸콸 솟구쳐 오르며 너만
> 살아 외치는 것을 들으며 우리들
> 부끄러워라 젊은 가슴
> (…)

새벽처럼 거침없이 밟고 가야지
세상은 삐뚤어졌어도 대쪽처럼
젊음은 시퍼렇게 쩡쩡 살아야지
너는 아직 그곳을 떠나지 않고
그때처럼 솟아오르는데
우리들 가슴속 물결치는데
아아 부끄러워라 지금까지
젊은 가슴 우리가 부끄러워라

— 이종주, 「분수」 중에서[12]

광주의 5월을 명시적으로 말하지 않는다. "도청 앞 광장 그때 그 자리"라는 진술에서 이 시가 그날을 에둘러 말하고 있음을 알 수 있다.

그때 그 자리에 있던 분수대만이 오직 그날을 증언하고 살아 외치고 있다. 반면 무력한 젊음은, 곧 행동하지 않는 젊음은 가사(假死) 상태나 다름없다. 이것이 화자를 부끄럽게 만든다. "콸콸콸" 혹은 "쩡쩡"과 같은 의성어는 무기력한 젊음의 양심과 행동을 일깨우는 죽비를 연상시킨다.

5월 이후 살아남은 자의 부끄러움은 다양한 형태의 부

끄러움으로 변주되기도 한다. 부끄러움을 불러오는 대상은 다양하다. 우선 고향(농촌)을 지키고 있는 부모를 포함한 민중들에 대한 부끄러움이 있다(김경윤의 「귀향의 들녘에서」, 송혜경의 「선피를 걷으며」, 송광룡의 「담배」, 정경운의 「어머니 당신의 해맑은 웃음은」, 민문희의 「어머니」, 이종주의 「일기」, 정준호의 「강학일지 5」, 김요선의 「어머니 전」 등).

한편 치열한 삶을 살아가는 동지나 친구에 대한 부끄러움도 있다(임동확의 「봄이 오는 강의실에서」, 이봉환의 「나팔꽃을 올리며」, 김현정의 「지나온 날들을 생각하며」 등). 그리고 딱히 어떤 대상을 염두에 둔 것은 아니지만 부끄러움 그 자체를 천착하고 있는 것들도 보인다(송하경의 「병상에서」, 송광룡의 「시작일기」, 장영기의 「자화상」, 이경희의 「내일」, 장옥근의 「낮달」 등).

부끄러움의 감정은 슬픔이나 분노와 같은 감정과 비교했을 때 훨씬 인지적이며 복합적인 감정이다. 게오르그 짐멜(G. Simmel)에 따르면 부끄러움은 본질적으로 자아(주체)의 분열적 상황이다. 곧 "한편에서는 이목의 초점이 되면서 자아가 부각되지만 다른 한편에서는 완벽하고 규범적인 자아의 이상에 못 미치는 결정을 의식하면서 자기

경멸”[13]이 생기기 때문이다.

자아의 부각과 경멸의 동시성은 “우리 자신이 관찰하는 부분적 자아와 관찰의 대상이 되는 부분적인 자아로 나누어지는 것”과 연관된다. 부끄러움은 따라서 “자기 자신과 대면해서 자신을 대상화하는 능력”[14]을 전적으로 필요로 한다.

부끄러움은 원리 상 자아(자기)의 삼원성을 전제한다. 곧 실제의 자아, 이상(규범)으로서의 자아 그리고 그 두 자아를 관찰(관장)하는 자아이다. 이 자아들의 역학 관계에 의해 부끄러움의 감정이 발생하는 것이다. 부끄러움이 인지적이고 복합적인 감정이라고 한 것은 바로 이 뜻이다.

비나리패의 부끄러움을 토로하고 있는 시들이 모두 화자 자신을 대상화하는 섬세한 능력을 펼쳐보였던 것은 아닌 듯하다. 자아의 분열적 상황에 대한 고투의 흔적이 쉽게 포착되지 않는 게 많다. 간혹 연출된(혹은 강요된) 부끄러움이라는 혐의가 있는 작품도 있다. 반면 아래의 시는 좀 다르다.

> 오래도록 바람에 떨다가
> 맑은 이슬로 눈을 뜨는 풀섶에서

나도 함께 떨다가 지지 않는

낮달이 되고

열심히 살아라 늘

초록색 말로 흐르는 강물 위에

내 그림자 한 조각 새기지 못하고

모래톱 위를 서성이다 그냥

돌 하나를 던지고

긴 강둑 위의 새벽안개가

내가 부를 노래를 삼키고

마음껏 출렁이지 못하는 나는

홀로 고인 물이 되고

아아 내 얼굴은 파리하고

나뭇잎 새로 유월 하늘은

뜨거운 시

— 장옥근, 「낮달」 전문[15]

낮달은 어쨌든 하늘에 떠 있다(자아의 부각). 한데 본래 환하게 세상을 비추는 제 속성을 발휘하지 못한다(자아에 대한 경멸). 자신을 낮달로 여기는 화자는 열심히 살라는 강물의 명령 앞에서 주저한다. 안개에 자신의 노래를 빼앗기고 "홀로 고인 물이" 되고 만다.

"파리"한 낮달은 그래서 유월 하늘의 "뜨거운 시"라는 어떤 이상에 이르지 못한다. 자신은 오래도록 바람에 떨었던 나약한 자 혹은 미온적인 자에 불과한 탓이다.

위 시의 문면에 부끄러움이라는 어휘는 등장하지 않는다. 대신 낮달이라는 시어가 그것을 대신하고 있다. 일종의 객관적 상관물인 셈이다. 부끄러움이라는 고통스러운 감정이 오직 화자의 내성(內省)으로만 향하지 않고, 잔잔한 공감을 불러오는 이유다.

미주

1 「비나리패, 우리가 살아갈 길」, 『붉은 언덕을 넘으며』(비나리 제4시집), 1988, 169쪽.
2 「책머리에」, 『당신은 오월바람 그대로』(비나리 제3시집), 1987.
3 신두원, 「1980년대 문학의 문제성」, 『민족문학사연구』 제50권, 민족문학사학회, 민족문학사연구소, 2012, 164쪽.
4 『당신은 오월바람 그대로』(비나리 제3시집), 91~92쪽.
5 『밑불』(비나리 제5시집), 41쪽.
6 연민과 동정의 감정에 대한 다음과 비판을 눈여겨 볼 필요가 있다. "연민은 연민하는 자와 연민을 느끼게 하는 자 상호 간의 관계 속에서 감정의 소통을 시도하는 것이 아니라 연민하는 자가 연민 받는 자를 향하여 일방적으로 감정을 토로한다. 이러한 일방적인 관계성은 어디에서 유래하는가? 그것은 기존에 규정된 삶의 가치들에 입각하여 우월하다고 판단되는 내가 불쌍하다고 여겨지는 너에게로 향하도록 일방적인 관계를 설정한 탓이다. 이러한 일방적인 관계는 동정하는 자가 동정 받는 자를 약하고 불충분한 사람으로 여김으로써 성립한다."(이선, 「니체가 네로의 스승이라면-니체의 연민 비판과 감성교육」, 『니체연구』 제21권. 한국니체학회, 2012, 74쪽.)
7 『당신은 오월바람 그대로』(비나리 제3시집), 12~13쪽.
8 『밑불』(비나리 제5시집), 55~56쪽.
9 『가자 피묻은 새떼들이여』(비나리 제1시집), 1984, 46~47쪽.
10 『밑불』(비나리 제5시집), 70~71쪽.

11 정명중, 「반미문학과 '분노'」, 『감성연구』 제6권, 전남대 호남학연구원, 2013, 11쪽.

12 『가자 피묻은 새떼들이여』(비나리 제1시집), 65~66쪽.

13 게오르그 짐멜, 김덕영·윤미애 옮김, 『짐멜의 모더니티 읽기』, 새물결, 2005, 230쪽.

14 같은 책, 233쪽.

15 『붉은 언덕을 넘으며』(비나리 제4시집), 50쪽.

새로운 양식화 작업의 향방

애초 비나리패는 전통 개념에 입각한 "한국문학의 새로운 양식화 작업"이라는 포부를 내걸고 창립했다. 물론 그들의 시에서 민요나 판소리, 무가와 같은 전통예술의 영향을 확인하는 일은 크게 어렵지 않다.

그런데 그들의 활동이 명실상부하게 '새로운 양식(style)'의 창출이라는 이상에 걸맞은 것이었던가. 그들 역시 이를 의식하지 않을 수 없었다.

> '비나리'가 80년 5월의 충격을 목격한 젊은 세대로서 문학이 민중의 염원을 노래하는 구조들이어야 한다는 선언 아래 출발한 지 어느새 4년째 접어들었다.

> 연륜의 흐름에 비하여 성과의 미비함을 생각할 때 항상 부끄러움이 앞선다. 그동안 전통개념에 입각한 새로운 형식창출을 표방하였음에도 불구하고 실질적인 성과를 이루지 못했다. 돌이켜 보건대 이는 우선 우리들 자신의 역량이 부족했던 것이 솔직한 이유였으며 다음은 객관적 상황의 상당한 변화라고 할 수 있다.[1]

위는 87년 제3시집 『당신은 오월바람 그대로』의 「책머리에」의 일절이다. 그들의 포부와 달리 실질적인 성과가 없음을 시인하고 있다. 그 이유를 우선 자신들의 내적 역량의 부족 탓으로 돌린다. 그리고 객관적 정세의 변화를 지목하고 있다.

그러나 내적 역량의 부족으로만 설명할 수 없는 더욱 심층적인 원인을 찾을 필요가 있다. 정세의 변화란 87년 6월항쟁 이후 급격하게 달라진 정치적 환경을 말한다. 그러나 그들은 그러한 변화가 근본적으로 불러온 어떤 사태를 결코 인식하지 못한 듯하다.

> (…) 문학의 운동 양태는 70년대적 상황에 비해 크게 달라진 것이 없다고 할 수 있다. 문학이 상당히 전

> 문성을 요구하는 실천매체라는 특수성으로 인하여 그 대중적 확산은 아직껏 지식인의 범위에 머물러 있는 실정이며 따라서 현재의 성숙한 민중 의지를 담아낼 만큼의 치열한 전위성을 갖지 못한 것이 사실이다. 이에 문학운동은 그 역사적 의미를 다하기 위하여 보다 철저한 과학적 무장을 요구한다.[2]

요컨대 지식인 중심의 문예운동이 갖는 한계를 벗어나기 위해 문학실천의 과학화가 필요하다는 것이다. 언뜻 특별할 것 없는 문예대중화론처럼 보인다. 지금의 문학은 성숙한 민중의 의지를 제대로 재현할 수 없다. 이는 문예운동이 치열한 전위성(정치성)을 갖고 있지 못하기 때문이다.

한데 위의 인용문을 다시금 유심히 읽어보자. 무엇인가에 뒤처지고 있다는 일종의 조바심이랄까 초조함 같은 게 느껴진다. 이를테면 급격한 정치 환경의 변화에도 불구하고 문예운동은 70년대 수준에서 답보 상태이다. 즉 문예운동이 전체 변혁 운동의 흐름이나 속도에 제대로 보조를 맞추고 있지 못하다는 것이다.

문예운동이 전위성이나 선도성을 잃었다는 사실이 중

요한 게 아니다. 오히려 그들이 주체적 역량의 있고 없음의 층위에서는 그 해답을 찾을 수 없는 어떤 문제적 영역 안으로 진입했다는 점이 핵심이다. 즉 문학과 정치(운동)의 관계라는 철학적(혹은 미학적) 난제(aporia)를 맞닥뜨리게 된 것이다. 이 사실을 그들은 알아차리지 못했다.

> (…) 6월항쟁 이전 시기에는 5월항쟁에 대한 정당성 주장과 의미부여 자체가 사실상 불법이었다. 따라서 5월항쟁을 재현하려는 문학은 표면에 내세울 수는 없었지만 정치성을 띨 수밖에 없었다. 그러나 6월항쟁 이후 5월항쟁에 관한 담론들이 어느 정도 합법화되면서 사태는 근본적으로 변한다. 이른바 처음에는 문학이 정치를 내면화하거나 내장한 형태였다고 한다면, 이제는 문학 안에 웅크리고 있어야 했던 정치가 밖으로 튀어나오면서 반대로 문학을 압도하는 형국을 만들어 놓았기 때문이다.[3]

그들은 87년 6월항쟁을 경험하고 나서 문학·정치(운동) 일원론에서 문학'과' 정치(운동)의 이원론으로 부지불식간에 옮겨갔다. 곧 문학 행위 자체가 그대로 정치 행위

였던 상황에서 그들은 출발했다. 비나리패가 창립된 시점이 그렇다. 그러나 이제는 뒤처진 문학이 앞질러간 정치를 따라잡는다는 식의 경쟁 심리 같은 게 만들어지는 것이다.

> (…) 한반도 변혁운동에 '과학적 실천'이라는 용어가 중요한 부분으로 전면에 나섬으로 **문예창작과 정치적 실천의 갈림길**에서 시에 대한 많은 의문(시를 쓰는 것도 사회적 변혁운동에 실천이 될 수 있는가)을 제기하면서 학년이 올라갈수록 많은 회원들이 실천에 대한 올바른 인식 부족으로 **문예실천을 포기하고 단대, 총학의 투쟁 조직으로 흡수**됨으로써 비나리패의 중추적인 역할을 담담해야 할 문예일꾼이 없어져 지금까지 문예활동에 많은 어려움을 안겨주었다.(강조-인용자)[4]

따라서 구성원들이 문예창작과 정치적 실천의 갈림길에서 문예실천을 접고 학생운동(정치)조직으로 흡수돼버리는 사태는 정해진 수순이다. 즉 문학과 정치의 관계가 '우선순위'의 문제로 치환되는 상황이 벌어지는 것이다.

"시를 쓰는 것도 사회적 변혁운동에 실천이 될 수 있는가?" 이 물음 자체가 함정이다. '문학(=정치)'[문학정치 일원론]에서 '문학 대 정치'[문학정치 이원론]의 시각으로 전환되고 급기야 정치우위론이 들어서게 된 것이다. 그 탓에 비나리패는 문예실천의 측면에서나 조직론(혹은 조직동원론) 차원 모두에서 궁지에 몰릴 수밖에 없었다.

이를 과연 어떻게 돌파해야 할 것인가. 여기서 비나리패는 적잖이 이색적인 해결책을 제시한다.

> 우리가 전쟁에 승리하기 위해서는 총, 대포, 실탄 같은 무기도 필요하고 총을 쏘는 사람, 실탄을 나르는 사람, 후방에서 부상병을 치료하는 사람 등 이러한 모두가 전쟁에 승리하기 위해서는 필요한 것이다. 어느 것 하나, 어느 한 사람의 임무라도 결코 소홀히 할 수 없는 것이다. 각자가 자기 역량에 맞는 제 자리에서 자신의 임무를 성실히 수행할 때 비로소 우리는 승리할 수 있는 것과 같이 당면한 한반도 변혁운동에서도 이와 같이 각자가 자기 역량에 알맞은 자리에서 성실하게 임무를 수행해 냈을 때 우리 모두가 원하는 참세상은 올 수 있는 것이다.[5]

우선 “전쟁”이라는 표현은 지나친 감이 없지 않다. 당시 한국사회 변혁운동의 긴박성이나 절실함을 표현하기 위한 일종의 은유일 것이다. 그러나 이는 정치운동에서 조바심과 조급증에 시달리는 자가 범하는 관념적 과격성(전투성)의 명백한 증거일 뿐이다.

게다가 문학과 정치의 관계가 한갓 ‘전시체제론’이나 ‘직분의 윤리’와 같은 추상적인 이데올로기나 관념으로 돌파될 수 있는 성질의 것이 아니다. 한편 전시체제론 또는 직분의 윤리의 담론적 기원을 거슬러 올라가다 보면 퍽 의심스럽고 곤혹스러운 사태와 조우할 수밖에 없다.

어쨌든 이로부터 정치추수주의를 방불케 하는 어떤 성향이 산출된다. 당시의 전국적 학생운동조직인 ‘전국대학생대표자협의회’(약칭 ‘전대협’)의 이데올로그 역할에 충실하고자 했던 것으로 보인다. 공동창작시 「통일비나리」(1989)와 「조국이여 조국이여」(1989)가 그 예이다.

당연히 “한국문학의 새로운 양식화 작업”과 같은 문예적 실천은 이미 뒷전으로 밀려난다. 게다가 문학이 정치성을 강하게 앞세우면 해당 시기의 시류나 정세 변화에 대단히 예민할 수밖에 없다. 90년대 벽두, 소련의 해체와 동구 사회주의권의 붕괴 이후의 각종 포스트모던 담론들 앞에서 비나리패가 갈피를 잃어버린 것 역시 안타깝지만 필연이다.

비나리 제6시집『입구·1995』

그래서 89년 제5시집『밑불』이 나온 후 무려 6년 만인 95년에 제6시집『입구·1995』가 나올 수 있었다는 것은 의미심장하다. 아래는 제6시집에 대한 김경윤의 평가다.

> 먼저 눈에 들어오는 것은 그 내용이나 형식면에서 시들이 다양해졌다는 점이다. 어떤 의미에서는 '비나리'다움을 벗어난 새로움의 추구라는 느낌은 들지만, 한편으론 오늘날 우리 사회가 안고 있는 문학적 현상의 반영이 아닌가 하는 생각도 든다. 그리고 또 하나의 느낌은 시들이 가벼워졌다는 점이다. 그간 '비나리'에서 발간한 작품집에서 보여준 무거운 주제의식과 사실주의적 경향성과는 일정한 거리를 유지하고 있다

는 말이다.

　이러한 현상은 사회주의 동구권이 무너지고 '현실 사회주의'가 더 이상 역사의 미래상이 될 수 없다는 오늘의 현실 인식과 변혁적 전망이 불투명한 남한 사회의 지성들이 안고 있는 한계의 반영이라고 보여진다. 그리고 자본주의적 상업문화와 포스트모더니즘으로 대표되는 후기자본주의 문화적 현상의 지배적인 영향 아래서 성장한 20대들의 다양한 정서적 스펙트럼이라고 볼 수 있겠다. 막걸리에 젓가락 장단을 두드리며 '나 태어나 이 강산에'를 부르던 세대와는 다른, 상업주의 문화의 세계를 받고 자란 소위 신세대적 감성의 표현의 문양으로 읽혀진다는 것이다.[6]

비나리패 창립을 이끌었던 그야말로 원로의 평가라고 할 수 있다. 그 평가의 옳고 그름을 여기서 굳이 따질 필요는 없다. 다만 "막걸리에 젓가락 장단"을 두드리는 기성세대와 이른바 '신세대'가 분할되고 있다. 전형적인 '세대론' 형태의 담론이다.

한국사회 변혁의 전망이 표류하고 있는 상황에서 상업주의 문화에 익숙한 세대가 등장하고 있다. 그들의 작품

비나리패의 사회과학 학습 도서들이다. 특히 『철학에세이』나 『세계철학사』 시리즈는 주로 마르크스주의와 레닌주의 사상을 다루고 있다. 이 사상들이 당시에는 불온사상으로 취급되던 터라 책 제목에 바로 드러낼 수 없었다. 모택동의 중국혁명사를 다룬 『중국의 붉은 별』이라는 책도 눈에 띈다. 한편 고 문익환 목사는 1989년 평양으로 건너가 김일성과 면담하고 북한의 조국평화통일위원회와 공동성명을 발표한 바 있다. 결국 국가보안법 위반으로 구속 수감되었던 그의 책 『통일은 어떻게 가능한가』는 당시 대학생들의 애독서 중 하나였다.

은 새롭고 자유롭지만 반면 무거운 주제의식이 없다. 결국 그들에게서 '비나리'다움을 발견할 수 없음이 못내 아쉽다는 것이 위 평가의 요지다.

시대의 전환기에 반복해서 출현하는 것이 바로 세대론이다. 그것이 특정 세대를 이리저리 규정할 수 있는 꽤 유용한 담론임을 부정하기 어렵다. 그러나 대개의 경우 '이전' 세대와 '이후' 세대를 통어(通語)할 수 있는 지평(전망)이나 토대를 제공하지 못한다는 것이 세대론의 약점이자 한계이다.

이를테면 80년대 세대와 90년대 세대(혹은 그 이후 세대) 사이의 '불연속성'뿐만 아니라 '연속성'까지 포괄할 수 있는 광대역의 사유(담론)가 필요하다. 이때 리얼리즘 대 모더니즘(혹은 포스트모더니즘) 식의 진영 논리로는 아무것도 해결할 수 없다.

그 광대역의 사유를 뭐라고 꼭 집어서 말할 수 없음이 안타깝다. 다만 떠오르는 어떤 이미지가 있다. 바로 '징검다리'이다. 연결과 분리의 이중성 또는 동시성에 대한 은유다.[7]

여전히, 그리고 앞으로 오래도록 미완으로 남아 있을 게 분명한 "한국문학의 새로운 양식화 작업"의 향방을 다시 물을 수 있는 계기가 과연 있을까. 이는 그러한 징검다리를 찾느냐 아니면 그렇지 못하느냐에 따라 결정될 것이다.

미주

1 「책머리에」, 『당신은 오월바람 그대로』(비나리 제3시집), 1987.

2 같은 글.

3 정명중, 「5월항쟁의 문학적 재현 양상」, 『민주주의와 인권』 제3권 2호, 전남대 5·18연구소, 2003. 22쪽.

4 「책머리에」, 『밑불』(비나리 제5시집), 1989, 1~2쪽.

5 같은 글, 2쪽.

6 김경윤, 「별이 없는 시대에 별을 노래하는 젊은 벗들을 위하여」, 『입구·1995』(비나리 제6시집), 1995, 112~113쪽.

7 물론 이 '징검다리'라는 은유는 순전히 이향준이 쓴 한 저술의 모티브에 전적으로 빚진 것이다. 그는 이렇게 말한다. "그렇다면 서란 무엇인가? 나는 처음에 인간을 다른 인간에게 이어주는 다리라고 생각했다. 그러나 다리 은유는 나와 타인의 불가피한 분리라는 인간의 생물학적 조건을 놓치고 있었다. 연결을 뜻함과 동시에 분리의 조건을 함축하는 문화적 이미지가 필요했다. 이렇게 해서 나는 '인간의 징검다리'라는 표현에 도달하게 되었다."(이향준, 『서(恕), 인간의 징검다리』, 마농지, 2020, 22쪽.)

비나리 시집
서문 모음

비나리 제1집 『가자 피묻은 새떼들이여』(1984)

〈비나리선언〉

삶의 터전으로서의 노래와 해방의 메시지

예술은 현실의 경험 속에서 긴장된 대립과 갈등으로부터 탄생되고 궁극에서는 이 한계성을 극복하고 역사적 순간에서 올바른 세계관을 창조한다. 즉 예술은 모든 사회관계의 총체로서 어느 특별한 역사적 상황을 나타냄과 동시에 초역사적인 실체를 드러내 보이며 예술의 실체도 미적 구조를 갖춘 진실과 저항과 희망의 차원을 동시에 포함한다. 따라서 탁월한 예술의 현실인식 방법은 그 시대의 삶 한복판에서 역사운동의 방향성을 획득하고 그 미래의 가능성과 많은 인간들의 삶이 역사의 발전 법칙을 만든다는 실천강령에서 비롯된다.

비나리는 이러한 역사운동의 소용돌이 속에서 삶의 과정으로서의 문화예술운동이 태풍의 눈으로 존재하고 있다는 인식을 바탕으로 한국문학의 새로운 양식화 작업에 뛰어들었다.

민중들은 구체적이고 가장 내밀한 삶에 깊이 뿌리박고 그들의 삶과, 노동과, 이상과 열망을 표현해 왔다.

구체적인 현실 속에서 몸부림으로 살아가는 민중의 생활에는 관념적이고 신비로운 정서가 있을 수 없으며 자신의 힘으로써 극복하려는 대결의식뿐이다. 이러한 생활체험에서 우러나온 민중공동의 감수성이 현실인식의 논리전개를 내재화 하면서 현실적인 것을 민중적 상상력에 의해 주체적으로 변형시키고 형상화시켜 다시 생활현장 속에서 창조적 힘으로 확대 재생산시키는 민중미학의 바탕이 되었다.

민중들에게 삶은 끝없는 체험의 과정이고 공동체내의

염원으로 확대되는 문화적 연대가 삶의 터전이었다. 항상 민중들은 삶에 대한 태도와 문화예술에 대한 의미를 일치시켜 살아왔으며 우리 민족의 전통문화 양식은 노동을 하면서 자연스럽게 나오는 흥얼거림, 삶의 일상적인 축제 제사 등을 거행할 때 삶의 따분함이나 고달픔을 토로하는 의식노래, 비나리, 메나리, 타령, 벽시 등 생활의 일상성에 대한 의미 탐구인 민요, 판소리 가락, 무속의 사설풀이, 민중미의식의 모태인 굿놀이와 풍물, 탈춤 등 생활 속에 녹아서 튼튼히 이어져왔다. 우리는 이러한 전통문화 양식을 새롭게 발전시켜 이 땅의 진정한 민중미학의 장을 열고자 하며, 일하는 사람들의 생활현실로부터 일탈되고 참된 사회변혁과 역사발전에 주체적으로 참여하지 못하여온 한국문학의 지리멸렬한 풍토와 서구취향적 상업성과 개인주의적 관념의 질속을 척결하고자 한다.

비나리는 이러한 우리들의 의지를 함축하는 이름이다. 우리 전통의 공동체 문화의 민요양식인 비나리는 개인적 체험이 민중적 체험으로 보편화되어 민족의 삶을 예술로서 표현하고 집적시켜온 우리 고유의 문학전통이며 삶에 대한 의지와 정서가 관념적으로 분해되지 않고 비는 사람의 의지가 객관화되어 왜곡된 허상 없이 오직 인간의 능력을 스스로 다지기 위해 울려 퍼지는 구원의 노래이며 해방의 몸짓이다.

비나리의 형식은 억눌리고 짓밟힌 삶의 진실을 드러내고 피맺힌 원한의 역사를 일으켜 세우는 황토 흙바람 같은 전면적이고 구체적인 직접호소의 절창이며 인간의지와 현실과의 갈등관계의 좌절에서 오는 자기 분열의 통일을 꿈꾸는 시뻘건 달구질의 문학정신이며, 민중적 삶의 총체성에 뿌리박고 민중의 한과, 분노와 의지를 표현하는 감동적인 예술형식으로 끝없이 새로운 세대가 완성해야 할 민중의 노래이다.

우리가 걸어가는 싸움의 불바다여! 시여!

1984년 여름. 비나리동인

비나리 제2시집, 『밥과 토지의 나라로』(1985)

역사에선 가정법(假定法)이 있을 수 없다. 이를테면 우리가 늘 안타깝고 분하게 생각하기 쉬운 역사적 순간들도, 따지고 보면 그 순간부터 한 민족의 역사요 개인의 역사로 결정되고 말기 때문이다. 그보다 중요한 것은, 역사적으로 좌절된 어떠한 형태의 민족적 비운(悲運)도 언제까지나 우리의 역사 속에 남아 있다는 것이고, 그것은 계속적으로 강렬한 민족의지와 민중의 해방에의 정서로 승화되고 있다는 사실일 것이다.

한 번도 민중에 의한 역사를 전개시킬 수 없었던 점이나 시간과 공간의 차이가 있을지라도 비슷한 상황에서 비극적 역사를 되풀이해야 하는 반도에서 우리는 쉽게 절망하고 곧잘 무력감에 빠져들기도 한다. 그러나 우린 고통스러울망정 스스로를 학대(虐待)할 필요는 없다. 어느 시대를 막론하고, 어떤 폭력적 권력구조에도 짓밟힐 수 없고 빼앗길 수 없는 민족·민중 자존(自存)의 실체를 우린 알고 있기 때문이다. 그것들이 항상 우리의 역사를 이끌어온 밑불로 축적되어 왔고, 또한 그러한 피맺힌 한(恨)을 극복하려는 노력이 오늘까지도 여러 가지 형태로 지속되고 있다고 보기 때문에 더욱 그러할 것이다. 우리가 모든 조건부적 역사관을 부정하는 이유도 여기에 있다 할 것이다.

우리 동인은 이미 〈글마당 『비나리』 첫 번째〉를 내면서 이러한 인식 하에 뜻을 같이하여 〈한국문학의 새로운 양식화〉 작업을 선언했지만, 지향하는 바는 크고 손발이 거기에 따라가지 못하고 있음을 솔직히 시인하는 바이다. 〈글마당 『비나리』 두 번째〉도 그러한 문제가 전적으로 해결되었거나 완성되었다고 스스로가 믿어 묶는 것은 아니다.

글이 〈있는 사실〉을 꾸미려는 데서 타락하고 〈진실〉을 은폐하려는 데서부터 돌멩이를 받기 시작했다고 우리는 보고 있다. 그리하여 우리는 기존의 시에 대한 관념을 백지화하는 데 일치했고, 그러다 보니 우리의 말들은 우울하고, 이야기는 어두울 수밖에 없었다. 그러나 우린 이 시대에 그것들이 가장 정직하다고 확신하고 있으며, 동시에 우리를 개인에만 한정할 수 없는 상황을 인식하고 있다. 또한 우리들의 詩가 거의 대부분 주위의 삶과 체험에 집중되어 있을지라도 결코 이분법적 배타성이 아닌 진정한 민족적 민중적 보편성에 기초해야 함을 잊지 않고 있다.

인간 자신의 역사가 과학적인 객관성을 유지하기 위해서는 역사 전체가 인간들 자신이 형성한 산물로 보아야 한다. 물론 시대마다의 현실상황은 변화하지만 어느 시대건 그 시대의 보편성은 그 시대를 대표하는 민족의식이나 상황의식에 대한 정직성이나 정확성에서 출발하기 때문이다.

그럼에도 불구하고 그동안 보편성이란 미명(美名)하에 합법적인 자기만족과 자기기만에 차 있는 문화적 폭력이 횡행하고 있다. 작게는 민족이나 전통이라는 탈을 쓰기도 하고, 크게는 세계성 지향이라는 거창한 구호를 내세우기도 한다. 그런데 그것들이 거기에서 끝나지 않고 있다는데 큰 문제가 있다. 오늘날 우리 사회가 안고 있는 온갖 불평등과 불이익이 놀랍게도 거기서 비롯되고 있고, 또한 자국 내의 세력과 결탁되어 무자비한 문화적 강매와 연결되고 있다는 점이다. 더욱이 신식민주의적 침략의 중요한 전진기지로 삼으려는 제국주의자들의 음모의 속셈에 암암리 동행하거나 직접 이해관계가 얽혀 들고 있는 것이다.

이리하여 오늘의 우리 문화는 출판 저널리즘과 텔레비전 등 매스 커뮤니케이션의 비대화와 대중화에 의한 문화적 평준화와 획일화가 가세되면서, 더욱 설 땅을 잃어가고 있는 실정이다. 따라서 우리는 이러한 중층적(重層的)인 문화구조를, 민족문화를 위협하는 중차대한 문제라고 규정하면서, 민족생존원리로서 민족형식의 생생한 원리를 시급하게 개발해야 한다고 믿는다.

우리가 그 무엇으로부터 의욕을 운운할 때 그 배후에는 반드시 그 무엇으로부터의 상실을 의미한다고 할 것이다. 즉 오늘의 제국주의적 속성은 표면상 정치적 독립을 허용하고 있으면서도 경제적 문화적인 지배를 통하여 가일층 억압과 착취를 심화시키고 있는 것이다. 게다가, 다국적 기업과 기존체계에 편입된 상층지배세력들은 토착문화를 해체하고 민중들의 공동체적 연대감을 분열시키면서 그들의 지배력을 강화해 나가고 있는 것이다. 이와 같은 상황을 고려해 볼 때 같은 맥락 속에서 고통 받고 있는 제3세계권의 문화적 투쟁가 경험을 좌시할 수 없으며, 동시에 그들과 힘을 합쳐 싸워야 할 공동의 과제를 짊어진 것이라 판단된다.

우리의 민족문화의 전통이 우리 세대의 피 속에 막연히 잠재되어 있다고 속단하거나 아주 소멸되어 자료가치로나 받아들이는 관점은 둘 다 있을 수 없을 것이다. 전자의 경우 민족문화를 말살하려는 억압구조나 장치에 대한 대결자 혹은 무기로써 전통을 내세운 것이긴 하나 작금의 우리 세대의 성향을 제대로 파악하지 못했다고 보여지고, 후자의 경우 그간의 문화적 역량에 대한 과소평가나 바로 민족문화의 전통을 박제화시키는 데 단단히 한몫을 해내고 있다고 보여지기 때문이다. 즉 우리 세대는 근대에서 시작된 자본주의적 지식인의 개인적인 문화나 직접적인 효용을 중시하는 대중문화의 체제 속에서 성장한 까닭으로, 전통적인 공동체나, 더욱이 민중문화와의 접촉이 사실상 차단된 채 오늘의 시점에 이르렀다는 사실이다. 그렇다고 서구나 소위 요즘에 거론되고 있는 제3세계 문화가 우리의 문화적 모델이 될 수 없으므로 더더욱 난관에 부딪친 듯하다. 그러한 전후 사정을 볼 때 우리는 첫째 민족문화에 속하는, 민족이 살아가고 있는 이 땅의 민중·민족문화 전통에 대한 시각교정과 애정을 쏟아야 할 것이고, 둘째 민중·민족문화 전통을 의사신화적(疑似神話的)

으로 축제화하고 희화화하는 것을 막아야 할 것이다.

문제는, 우리의 수많은 민중·민족문화의 전통 속에서 현재의 문화적 분열을 발전적으로 통합할 수 있는 구체적인 구조와 원리를 찾아내는 일이며, 그것들의 실천적 형상화를 통한 민족통일의 구심점을 확보해 해는 것이라 할 수 있다.

「비나리」는 광범위한 민중·민족문화의 전통 속에 속한 하나의 건강한 민중적 문화전통임에 틀림없을 것이다. 다시 말해서 「비나리」는 폭력적 지배질서에 의해 고통 받고 주려온 민중의 한이 가장 첨예하게 응축된 문학형식(민요형식에서 기인한)인 동시에 그들의 인간해방에 대한 열망과 의지표현의 산물인 것이라 할 수 있다. 아울러 「비나리」는 그 시작과 끝이 민중의 현실적인 삶과 체험 속에서 공동 작업되고 완성되는 양식인 만큼 그들의 육성과 요구를 수렴해내면서 객관적이고 구체적인 민중정서의 전형을 개척해내는 것이 우리 세대에 주어진 과제라 할 것이다.

이제 우리는 이와 같은 과제를 주어진 숙명으로 받아들이면서 우선 우리가 뿌리박고 있는 고향, 즉 전라도에 널려 있는 판소리, 무가, 민요 등의 귀중한 민중문화 전통과의 만남과 발전적 계승을 시도할 것이다. 또한, 우리가 살고 있는 바로 이곳이 갖고 있는 역사적 문화적 의미가 단순히 우리의 문제만이 아닌 바 우리들의 꾸준한 작업의 결과가 전 민족적 보편성을 획득하리라 믿는다.

식민지적 치하나 상황에서 제아무리 번영과 안정을 구가한다고 해도 그것은 결국 우리에게 분칠한 화려한 문화적 창녀화로 받아들일 수밖에 없다. 따라서 우리는 우리의 피나고 외로운 노동의 작업이 조금이나마 역사 속에 실현되어 가기 위해 온몸으로 부딪쳐 나갈 것을 약속하거나 항시 지켜보는 이들의 보다 뜨거운 질책과 참여를 기대한다.

1985년 봄. 비나리 동인 일동

비나리 제3시집, 『당신은 오월바람 그대로』(1987)

문학 실천의 과학화를 요한다

인간의 삶이 부분적이든 혹은 전체적이든 운동성과 접맥될 때 그것은 역사의 투영 속에서 실현될 수밖에 없다. 우리의 삶을 구속하고 또한 가능성으로서 전제하는 현실이란 끊임없이 발전하는 역사의 한 단면이며 누구에게서나 구체적 삶이란 그 속을 유영하는 몸부림이기 때문이다.

문학에 있어서 운동성은 그 예술성과 더불어 보편적이다. 그럼에도 문학이 구태여 운동성을 표방하는 것은 우선은 역사적이며 정치적인 의미에서이다. 다시 말하면 인간의 자기 실현인 문학이 자신이 의존하고 있는 사회가 억압하는 구조로 일반화되어 있을 때는 필연적으로 그 억압 구조를 극복하려는 강한 정치성을 띠기 마련이다. 문학은 소외된 민중의 편에 서서 그들의 현실적 아픔과 강한 변혁 의지를 그려내고 나아가 문학 행위의 정치적 조직화로까지 실천적 범위를 확대해 가는 것이다.

그러면 우리의 현실 속에서 이러한 문학운동은 어떠한 위상을 차지하고 있는가?

60년대 이후 우리 사회는 산업화와 더불어 인간의 물질에의 예속이 강화되어 가고 기존 농촌공동체의 급격한 분해와 변화되는 신질서 속에서 계층 간의 갈등과 문화적 파행성은 계속 심화되어 왔다. 또한 우리를 둘러싸고 있는 외세는 민족의 영구분단을 획책하며 그 제국주의적 속성을 여지없이 드러내 오고 있을 뿐만 아니라, 내적으로는 자본주의 경제질서의 강화로 인한 모순들은 이제 계급적으로 그리고 구조적으로 사회의 중요한 문제로써 나타나 있다.

이러한 과정 속에서 운동개념도 상당한 실천적 검증을 통하여 이론 및 조직의 고도화와 보다 뚜렷한 목적의식성을 갖추게 되었으며 민중 또한 제반운동 부분에서 주제적 자세를 확립해 가고 있다. 그렇다고 객관적인 상황이 결코 유리한 것만은 아니다. 매판적 지배세력들은 안보논리와 공전력을 통하여 폭발적인 민중의 저항력을 무력으로 계속 탄압해 오고 있으며 아울러 자신들의 이득권을 제도적으로 더욱 굳게 지속시키기 위하여 제반 모순들을 은폐시키려는 음모들을 끊임없이 자행할 것이기 때문이다.

이처럼 대립이 심화되어 가는 현실임에도 문학의 운동양태는 70년대적 상황에 비해 크게 달라진 것이 없다고 할 수 있다. 문학이 상당히 전문성을 요구하는 실천매체라는 특수성으로 인하여 그 대중적 확산은 아직껏 지식인의 범위에 머물러 있는 실정이며 따라서 현재의 성숙한 민중 의지를 담아낼 만큼의 치열한 전위성을 갖지 못한 것이 사실이다. 이에 문학운동은 그 역사적 의미를 다하기 위하여 보다 철저한 과학적 무장을 요구한다.

문학은 현실에 대하여 매개적인 관계를 갖는다. 따라서 문학적 실천은 높은 사회과학적 안목까지를 필요로 한다. 그 위에서 주체로서 문학인은 시대가 요구하는 정서적 심미적 가치를 정립하고 아울러 혁명적 지식인으로서의 신념체계를 수립할 수가 있을 것이다.

뿐만 아니라 요구되는 문학은 끊임없이 반성과정에서 수립되어야 한다. 과거를 뛰어넘으려는 노력 속에서만이 문학적 감동은 지속되는 것이다. 그리고 정확한 현실인식으로부터 문학은 은폐된 것을 드러낼 뿐만 아니라 미래에의 예지를 역사 앞에 투여할 수 있는 것이다.

궁극적으로 문학은 민중에게로 나아가야 한다. 역사의 주체가 민중인 한 문학이 그려내고자 하는 전형도 민중일 수밖에 없다. 따라서 문학이 민중에로 나아간다는 것은 민중의 현실 속에서 민중의 감성과 의지를 현실화시켜 내는 작업일 것이다.

『비나리』가 80년 5월의 충격을 목격한 젊은 세대로서 문학이 민중의 염원을 노래하는 구조들이어야 한다는 선언 아래 출발한 지 어느새 4년째에 접어들었다. 연륜의 흐름에 비하여 성과의 미비함을 생각할 때 항상 부끄러움이 먼저 앞선다. 그동안 전통개념에 입각한 새로운 형식창출을 표방하였음에도 불구하고 실질적인 성과를 이루지 못했다. 돌이켜보건대 이는 우선 우리들 자신의 역량이 부족했던 것이 솔직한 이유였으며 다음은 객관적 상황의 상당한 변화라고 할 수 있다.

그러나, 우리 비나리패는 힘듦이나 나약함을 우리의 성장과정으로 되새길 뿐 결코 좌절하거나 이 누런 황토에 거꾸러지지 않을 것이다. 개인 개인의 풀잎 같은 흔들림을 하나로 모아 사회적인 아픔으로 승화시켜 좀 더 큰 사랑의 행진을 시도할 것이다.

우리의 삶을 서로 더욱 진솔하게 부추기며 결코 부끄럽지 않는, 문학에서 요구되는 운동성을 창출해 나갈 것을 거듭거듭 다짐한다.

비나리패 일동

비나리 제4시집, 『붉은 언덕을 넘으며』(1988)

문예활동의 대중화를 실천하자

문학이란 개인의 창조적 활동의 소산이므로 창작 행위의 개별성에 의해서 규정된다거나 사회활동의 모든 형태와 마찬가지로 환경에 의해서 결정된다는 생각은 문학을 사회역사적 공간에서 일탈시켜 버리고 또 극단적인 유형화의 논리에 떨어뜨리고 만다. 이러한 문학정의의 오류들을 날카롭게 극복하고 있는 것이 문학은 사회적 의식과 집단적 이데올로기의 특수한 형식이며 그 형식은 문학적 존재방식인 형상화를 통하여 현실을 예술적으로 표현한다는 인식이다.

그러므로 문학을 다른 사회과학과 구별하는 기본적인 특징은 과학은 개념에 의한 사유형식이고 문학은 형상에 의한 사유형식이라는 것이다. 여기에서 형상이란 본질적으로 작가의 사회적 사유와 관념의 특수한 표현 형태로 작가의 사회적 존재에 의하여 결정되는 것이며 당대 사회 현실의 문제에 헌신하는 작가의 세계관과 실천이야말로 예술작품의 근원이 된다. 작가의 세계관이 작품의 근본적인 형상과 함께 문예작품의 조직적이며 형성적인 근원이며 이 근원이 예술의 모든 형태를 결정하는 것이다. 작가는 이처럼 자신의 관점을 통해 작품을 창조하는 것이고 그것은 작가의 일반적인 세계관과 변증법적 통일이며 그의 사회적 존재에 의하여 작용 받는 것이다. 즉 작가는 일정한 형식을 빌어서 자기의 세계관을 피력하고자 하는 것이며 바로 이 세계관에 의해서 작가는 형상의 선택과 그것을 완성하는 특질, 구체적인 창작방법들까지 결정한다. 그러므로 어떻게 인간과 세계와의 관계를 변증법적으로 통일시키고 인간의 총체적 삶을 실천적인 예술로 창조하느냐 하는 "세계관"과 "창작 방법론"의 문제는 항상 우리 문예작업자들의 중심 이슈가 되고 있다. 이러한 문예작업에 대한 논의가 본격적으로 심화된 것은 80년대 벽두 광주 오월항쟁을 겪으며 성숙한 민중들이 자신들의 계급성을 강하게 노출시키면서 역사발전의 명실상부한 주체로 부각하기 시작하고 또 진보운동의 내용을 주도하는 선진 그룹들이 논투 과정을 겪으며 필연적으로 소수 활동가 중심의 운동에서 대중운동으로서의 전환을 가져오게 되었는데 이러한 정세 변화 속에서 대중화의 첨단에 선 문학예술의 영향력이 태풍의 눈처럼 다시 부각되게 된 것이다. 왜냐하면 문학과 사회, 사회적 현실과 문학적 현실의 만남은 우리 시대의 고난과 모순이 구원으로 전화될 수 있다는 역사적 필연성을 확인시켜주며 문학이라는 예술양식에 내재하고 있는 고유한 에네르기와 과학적인 인식의 세계관이 결합되어 동시대 고통받고 성처투성이로 싸워나가는 주체자들의 꿈과 현실을 승화시켜 주며 새로운 사회 새로운 인간에로의 비전을 제시하여 주기 때문이다.

지금 한반도의 아들인 우리들의 삶과 현실은 분단과 분열, 고립과 단절의 이합집산된 격동의 소용돌이에 위치하고 있으며 현실의 모순과 갈등을 창조적으로 극복하고 민족통일의 상상봉으로 전진해 나가는 전환기의 시점이다. 이러한 상황에서 문학이 자신을 산출케 한 사회 현실의 물질적, 정신적 모습들을 예리하게 인식하고 역사발전 단계의 제 과정 속에서의 구조적 모순과 갈등을 창조적인 틀로 형상화하는 문제는 중요한 과제이다. 다시 말해서 현 시기 우리 문학예술 운동은 모든 인간들이 자기 해방의 싸움터로 달려 나가는 역사의 한복판 속에서 문학과 삶의 실천 작업을 통하여 막힌 시대와 막힌 현실을 뚫고 나가는 선도적이고 진보적인 문예활동들을 요구하고 있는 것이다. 이러한 측면에서 80년대 벽두부터 활발히 제기되고 있는 문예운동론과 실천적인 활동들, 다각적으로 시도되고 있는 장르 확산의 문제, 지식인 문학의 위상에 대한 재검토와 문예활동의 보편화와 민주화를 지향하는 대중화의 움직임은 변혁기 혁명적 문예 역량을 발현시킬 수 있는 중요한 성과물로 축적되어 가고 있다.

그러나 80년대 일련의 민중시에 흔히 지적되고 있는 상투성, 도식성, 구호성의 문제는 유념하고 넘어가야 할 것이다. 이러한 현상은 현실의 형세를 정확히 파악하지 못한 까닭이며, 대중화의 문제를 추상적으로 이해하고 있거나 세계관의 변모에 상응하는 창작방법에 관한 고민을 방기한 탓이며 무엇보다도 우리 민족의 긴 역사적 전통의 정서 위에 서 있지 못함과 대중들을 현실 속에서 살아가는 인간의 성체로 파악하지 못한 비과학성에서 기인한 것이다. 이런 류의 문학작품은 적들을 향해 진격해 가는 것도 아니고 반동적인 의식을 향해 공격해 가는 것도 아닌 단순한 울분이나 토로에 그칠 따름이다. 그러므로 대중화의 일차 목표는 대중 생활 속에 널부러져 있는 문학예술의 원료와 정서를 가장 생동적이고 풍요롭게 표현하여 대중의 공감대로 확보하는 것이며, 일상적인 생활현장을 형상화하고 모순과 투쟁의 역사현실을 전형화시켜 대중과 역사를 올바르게 향도하는 것이다. 즉 모순된 민중민족의 현실과 적들의 실체를 폭로하고 민족해방의 의지를 향해 전진하는 모든 대중들을 단결시키고 그들의 의식을 올바르게 고양하는 것이다. 그리고 대중화의 문제는 인간과 사회의 개조를 위한 변혁운동에 있어서의 대중노선, 대중운동과 그 궤를 함께하는 것이며 대중을 바라볼 때에는 반드시 해당 발전단계의 사회구조 변혁운동의 성격과 밀접한 연관 속에서 파악해야만 한다. 대중화의 문제는 대중들에게 어떤 문예작품을 가지고 들어가 그들의 의식을 자각케 하고 고양시키는 데에 그치지 않고 대중 자신이 진정한 창작주체로 나설 수 있어야 한다는 점에 그 중요성이 있다. 이런 과정을 이루어 내기 위해서는 양식 문제와 조직 양면에 걸친 대중화 문제가 추구되어야 하며 그들의 긴밀한 협력 위에 서야 할 것이다. 시, 소설, 희곡 등 순문학이 지닌 객관적이고 역사적인 의의와 더불어 이제까지 지속적으로 확산되어 온 보고문학을 비롯한 광범위한 열린 문학양식에 대한 관심은 마땅히 조직적인 문제와 연결되어야 할 것이다.

비나리패는 1984년 출발에서부터 문예활동의 대중화 문제에 깊이 천착하고 한반도의 모든 삶의 밑뿌리에 맥맥히 고동치며 이어져 온 원한풀이의 전통 정서를 창조적으로 계승하여 오늘날 서구 상업주의 문화와 식민지 상황 속에서 왜곡되고 침탈된 민족 정서를 올바르게 일으켜 세우겠다는 문학적 대응방식으로 민요, 설화, 무속, 판소리, 굿양식 등에 많은 관심을 가져왔으며 우리 시대의 억눌리고 짓밟힌 삶과 피맺힌 역사를 일깨우는 문예 작업을 지향해 왔다.

그러한 방법으로 공동체굿판, 「비나리패 열두마당」, 시극「한반도여 한반도여」, 문학의 새벽 알림판, 5월 벽시전, 가두시전, 글마당 발간 등을 가져왔다. 그리고 내부 프로그램으로는 세계관 형성과 창작 방법론에 관한 학습과 민속 기행, 국토 순례, 동학 격전지 순례, 농촌현장 체험 등

현장적 삶에 대한 애정들과 공감대를 추구하는 노력을 다져 왔으며 이러한 공동의 인식을 바탕으로 전체성과 구체성을 포괄하는 서사 양식의 접근으로써 공동창작을 해 오고 있다. 공동 창작한 작품으로는 광주 민중 항쟁을 주제로 한 「무등산 비나리」와 「들불야학」, 화순 동복댐 수몰지구 농민들의 이야기를 그린 「수몰민의 노래」를 발표하였으며 이번 네 번째 글마당에는 격동의 소용돌이 속에서 난항을 계속해 온 1987년의 민주화 투쟁에 대한 청년학도로서의 분노와 사랑, 투혼을 엮은 「비나리 1987」을 선보였다.

이와 같이 비나리패가 학회의 재생산 구조와 결부된 어려운 여건 속에서도 나름대로의 대중화 문제를 풀어가는 방향은 기존 한국 문학의 서구적 풍조에 대한 반성과 소시민적 계급의식에 바탕한 허위의식의 정서를 척결하고 민족형식에 의한 새로운 문학양식들을 실험하는 활동들로 드러나고 있다.

이것은 대중운동과 조직적인 문예활동의 경험이 일천한 조건 속에서 매우 시사적인 의의를 지니고 있으며 앞으로는 이러한 토대 속에서 성장한 인자들이 지식인 문학인으로서의 올바른 위상을 정립하고 그러한 전망 속에서 자기 활동들을 개진하여 대중화의 영역을 보다 폭넓게 넓혀

가는 것이 핵심적인 문제이다.

이는 보수성에 대한 가차 없는 비판과 진보성에 대한 적극적인 장려를 통하여 주체적인 계급의 뭇소리를 담보하고 그들과의 강고한 연대를 이루어내는 것이다. 비나리패가 좀 더 치열한 현실인식과 문예 사업에 대한 열렬한 사명감 그리고 실천적인 활동들을 통하여 문예 대중화의 운동을 여러분 앞에 펼쳐나갈 것을 거듭 약속한다.

분단조국 44년 초봄. 비나리패 일동

비나리 제5시집, 『밑불』(1989)

우리 비나리패가 구체적 삶에 뿌리내린 민중정서를 복원해내고 나아가 분단된 식민지 조국의 통일과 억압받고 착취당하는 노동·농민 대중이 주인 되는 참된 사회변혁의 주체로서 해방의 문학예술운동을 펼쳐 이 땅 한반도에 한 줄기 감동적인 예술을 건설하고자 장도를 출발한 지 어언 여섯 해가 되었다. 문학예술 운동이라는 것이 문학예술 매체를 통하여 전체조직운동의 부분적 기능을 담당하면서 진보적 제 계급의 역사적 대전진에 적극적으로 기여하고자 하는 선전·선동활동이라 했을 때 『가자, 피묻은 새떼들이여』, 『밥과 토지의 나라로』, 『당신은 오월바람 그대로』, 『붉은 언덕을 넘으며』 등 네 편의 시집과 『봄이 오는 강의

실』이라는 한 권의 시선집으로 묶여진 우리의 지나온 행적들은 그러나 그 나름대로의 성실함에 비하여 많은 오류들을 내포하고 있음을 솔직히 인정할 수밖에 없다.

그것은 무엇보다도 비나리패의 매 단계, 매 시기별 역량에 걸맞은 문예운동 방식을 창출하여 실천하지 못함으로써 비롯되었는바 이것은 비나리패의 현실적인 존재기반이 학회라는 구조틀 안에 있으며 이러한 학회구조는 끊임없는 재생산구조라는 점에 대한 명확한 과학적 인식의 부족에서 비롯되었다고 할 수 있다. 또한 한반도 변혁운동에 「과학적 실천」이라는 용어가 중요한 부분으로 전면에 나섬으로 문예창작과 정치적 실천의 갈림길에서 시에 대한 많은 의문(시를 쓰는 것도 사회적 변혁운동에 실천이 될 수 있는가)을 제기하면서 학년이 올라갈수록 많은 회원들이 실천에 대한 올바른 인식 부족으로 문예실천을 포기하고 단대, 총학의 투쟁 조직으로 흡수됨으로써 비나리패의 중추적인 역할을 담당해야 할 문예일꾼이 없어져 지금까지 문예활동에 많은 어려움을 안겨주었다. 이러한 비나리패의 문제점에 대하여 일 년 반이라는 뼈아픈 자기반성의 시간을 거쳐 우리 비나리패는 이제 확실히 이정표를 세워 다음과 같은 튼튼한 자리매김을 하게 되었다.

첫째, 비나리패의 현실적인 토대는 학회구조여서 문학예술매체를 통한 현실인식 수준 및 그 수준에서 가능한 실천을 담보해야 하는, 즉 낮은 수준의 문예투쟁에서 출발하여 문예매체를 무기화하는 전문적인 문예 투쟁조직으로서의 임무까지를 담보하고, 끊임없이 문예일꾼을 배출시키는 것이 우리 비나리패의 중대한 임무라는 자각이다.

둘째, 문예활동의 실천에 대한 올바른 인식의 틀을 가지고 문예실천은 무엇보다도 문예 창작을 기본으로 하여야 한다는 것, 한반도 변혁운동에 복무할 수 있는 견실한 조직을 만들고 이러한 조직 속에서 문예창작이 이루어져야 한다는 것이다. 문예활동의 실천인 문예창작은 피눈물나는 고된 훈련의 과정이 없이는 결코 올바른 예술적 성취를 이룰 수 없다고 우리는 믿는다.

우리가 전쟁에 승리하기 위해서는 총, 대포, 실탄 같은 무기도 필요하고 총을 쏘는 사람, 실탄을 나르는 사람, 후방에서 부상병을 치료하는 사람 등 이러한 모두가 전쟁에 승리하기 위해서는 필요한 것이다. 어느 것 하나, 어느 한 사람의 임무라도 결코 소홀히 할 수 없는 것이다. 각자가 자기 역량에 맞는 제 자리에서 자신의 임무를 성실히 수행할 때 비로소 우리는 승리할 수 있는 것과 같이 당면한 한반도 변혁운동에서도 이와 같이 각자가 자기 역량에 알맞은 자리에서 성실하게 임무를 수행해 냈을 때 우리 모두가 원하는 참세상은 올 수 있을 것이다. 이러한 인식과 조직 동원적 기능을 갖는 문예활동을 수행하는 우리 비나리패는 이제 변혁운동 속에서 문예가 담보해야 할 고유의 역할들, 예컨대 대중의 자주적 사상의식의 형성에 기여해야 한다는 것, 즉 반미자주의식, 반독재민주의식 등을 문예활동을 통하여 자각시켜야 한다는 것과, 문학예술 매체에 대한 올바른 인식과 매체활동에의 대중적 참여유도, 그리고 문예일꾼의 배출 등을 수행해 내기 위하여 온몸으로 부딪쳐 싸워 나갈 것이다. 아직은 우리 비나리패가 많은 것들이 부족하지만 이번 다섯 번째 시집 『밑불』을 묶어 이 땅 모든 문예일꾼들과 수많은 애국적 민중들에게 기꺼이 바치는 것도 그러한 까닭이리라. 이 땅 한반도에 참세상을 위하여 끊임없이 전진하는 우리 비나리패에게 뜨거운 격려와 질책 그리고 많은 참여를 바란다.

통일염원 45년. 비나리패 일동

트랜스로컬 감성총서 02

전남대 비나리패의 문예운동

초판1쇄 찍은 날 | 2021년 5월 20일
초판1쇄 펴낸 날 | 2021년 5월 25일

지은이 | 정명중
펴낸이 | 송광룡
펴낸곳 | 문학들
등록 | 2005년 8월 24일 제 2005 1-2호
주소 | 61489 광주광역시 동구 천변우로 487(학동) 2층
전화 | 062-651-6968
팩스 | 062-651-9690
전자우편 | munhakdle@hanmail.net
블로그 | blog.naver.com/munhakdlesimmian
값 12,000원

ISBN 979-11-91277-10-4 03810

· 이 저서는 2018년 정부(교육과학기술부)의 재원으로
한국연구재단의 지원에 의한 것임(2018S1A6A3A01080752).